DIE KNICKERBOCKER BANDE

Thomas Brezina

DIE MONSTERMASKE DER LAGUNE

Krimiabenteuer Nr. 65

Mit Illustrationen von Jan Birck

Ravensburger Buchverlag

DIE KNICKERBOCKER BANDE

STECKBRIEFE

HALLO,
ALSO HIER MAL IN KÜRZE
DAS WICHTIGSTE ÜBER UNS:

POPPI

NAME: Paula Monowitsch
COOL: Tierschutz
UNCOOL: Tierquäler, Angeber
LIEBLINGSESSEN:
Pizza (ohne Fleisch,
bin Vegetarierin!!!)
BESONDERE KENNZEICHEN:
bin eine echte Tierflüsterin –
bei mir werden sogar Pitbulls
zu braven Lämmchen

DOMINIK

NAME:
Dominik Kascha
COOL: Lesen, Schauspielern
(hab schon in einigen Filmen und
Theaterstücken mitgespielt)
UNCOOL: Erwachsene, die einen bevormunden
wollen, Besserwisserei (außer natürlich, sie kommt
von mir, hähä!)
LIEBLINGSESSEN: Spaghetti
(mit tonnenweise Parmesan!)
BESONDERE KENNZEICHEN:
muss immer das letzte Wort haben und kann so
kompliziert reden, dass Axel in seine Kappe beißt!

AXEL

NAME: Axel Klingmeier
COOL: Sport, Sport, Sport (Fußball und vor allem Sprint, bin Schulmeister, habe sogar schon drei Pokale gewonnen)
UNCOOL: Langweiler, Wichtigtuer
LIEBLINGSESSEN:
Sushi … war bloß'n Witz (würg), also im Ernst: außer Sushi alles! (grins)
BESONDERE KENNZEICHEN:
nicht besonders groß, dafür umso gefährlicher (grrrrrr!)

LILO

NAME: Lieselotte Schroll
(nennt mich wer Lolli, werde ich wild)
COOL: Ski fahren, Krimis
UNCOOL: Weicheier, Heulsusen
LIEBLINGSESSEN:
alles, was scharf ist, thailändisch besonders
BESONDERE KENNZEICHEN:
blond, aber unheimlich schlau (erzähl einen Blondinenwitz und du bist tot …)

Bibliografische Information Der Deutschen Bibliothek

Die Deutsche Bibliothek verzeichnet diese Publikation
in der Deutschen Nationalbibliografie;
detaillierte bibliografische Daten sind im Internet über
http://dnb.ddb.de abrufbar.

1 2 3 4 5 11 10 09 08 07

Umschlagillustration: Jan Birck
Printed in Germany
ISBN 978-3-473-47125-6

www.ravensburger.de
www.thomasbrezina.com
www.knickerbocker-bande.com

INHALT

DAS WESEN AUS DEM KANAL

„Hast du Ameisen unter der Stirnlocke?" Dominik verdrehte die Augen und schüttelte naserümpfend den Kopf. Stumm äffte Axel ihn hinter seinem Rücken nach.

„Hör auf, mich schlecht nachzumachen!", ertönte völlig überraschend Dominiks Stimme von Neuem. Axel richtete sich ertappt auf und überlegte, ob sein Freund wohl auch Augen am Hinterkopf hatte.

Wortlos deutete Lilo auf die Schaufensterscheibe, neben der Dominik und sie standen. Sie war für sie beide wie ein riesiger Spiegel, der zeigte, was sich hinter ihnen tat.

Poppi witterte Streit zwischen ihren Freunden und wollte die beiden schnell auf andere Gedanken bringen. „Die Spielregeln sagen, dass du tun musst, was Lilo verlangt, Dominik. Sei kein Spielverderber."

„Nein!“ Die Nase in die Höhe gestreckt schritt Dominik davon. Er ließ keinen Zweifel daran, dass er das Spiel albern und kindisch fand, das den restlichen Mitgliedern der Knickerbocker-Bande sehr viel Spaß machte.

„Du bist wirklich ein Spinner!“, rief Axel ihm aufgebracht hinterher.

„Ach, lass doch unseren Graf Bobby!“, sagte Lilo leicht beleidigt.

Dominik überhörte die Kommentare und bog um die Ecke in ein enges Seitengässchen. Der Bürgersteig war gerade breit genug für ihn. Auf der rechten Seite wurde er von der brüchigen Mauer eines dunklen Palazzo begrenzt, links floss träge schmutziges Wasser durch den Kanal. Es roch faulig und lud nicht gerade zum Schwimmen ein. Ein paar Schritte entfernt lag eine der schwarz lackierten Gondeln aus Holz vertäut und wurde von leichten Wellen auf und nieder geschaukelt.

Im Gässchen war es überraschend still. Während nur eine Hausecke weiter das Gemurmel der begeisterten Besucher Venedigs hallte, herrschte in dem schmalen Gang zwischen den alten Häusern, den Dominik betreten hatte, gespenstische Ruhe. Weder das Zwitschern der Vögel noch Radiomusik noch irgendwelche menschlichen Laute waren zu hören.

Ohne sich umzudrehen, ging Dominik, mit der

Schulter an der Hauswand entlangstreifend, voran. Er war müde, weil es in der Jugendherberge, in der die Schulklassen wohnten, zu denen auch die Knickerbocker gehörten, schrecklich stickig und heiß war. Die halbe Nacht hatte er kein Auge zugetan und sich nur unruhig von einer Seite auf die andere gewälzt. Deshalb war er schrecklich gereizt. Eine halbe Stunde ohne seine Knickerbocker-Freunde würde ihm guttun. Er wollte Lilo nachher auf dem Handy anrufen und sich erkundigen, wo sie sich aufhielten, damit er später wieder zu ihnen stoßen konnte.

Ein Stück vor Dominik mündete der Kanal in einen anderen. Eine steile Bogenbrücke führte darüber. Dominik blieb in der Mitte der Brücke stehen und blickte auf die Wasserstraße, die Booten und Gondeln vorbehalten war. Entlang den Hauswänden verlief kein Weg für Fußgänger.

Unter sich hörte er ein leises Blubbern. Aus dem dunklen Wasser quollen immer größer werdende Luftblasen, die an der Oberfläche zerplatzten. Aus dem fauligen Schlamm konnten sie nicht kommen. Von dort stiegen von Zeit zu Zeit ein paar müde Bläschen auf.

Dominik blickte in die Gasse, durch die er gelaufen war.

Weit und breit war niemand zu sehen. Weder Lilo noch Axel oder Poppi waren ihm gefolgt.

Auch auf dem Kanal, der vor ihm lag, befand sich keine Menschenseele. Wie grüne Hände ragten zu seiner Linken die Zweige eines Baumes aus einem Garten über die schiefe Mauer. Die meisten der Fensterläden waren geschlossen, um die frühsommerliche Hitze aus den Wohnungen fernzuhalten. Nur ein einzelner Laden im ersten Stock eines Palazzos zu seiner Rechten wurde auf einmal langsam aufgestoßen. Er gab dabei ein hohes, singendes Geräusch von sich. Als er gegen die Mauer schlug, platzte etwas Putz ab. Er fiel in den Kanal und war sofort verschwunden, wie von einem flüssigen Wesen der Finsternis verschluckt.

Am Fenster hinter dem geöffneten Laden war niemand zu sehen. Die Scheibe stand schräg und spiegelte das Leuchten der glasierten Dachziegel des Nachbarhauses.

Zwischen den Luftblasen tauchte plötzlich eine dunkle haarige Masse auf, die wie dünnes Seegras in der Strömung hin und her schwang. Zuerst dachte Dominik, es handle sich dabei um ein totes Tier. Dann lächelte er einen Augenblick lang, weil er an die dickbäuchigen älteren Herren dachte, die sie heute durch die Stadt hatten watscheln sehen. Vielleicht hatte der Wind einem von ihnen das Haarteil vom Kopf geweht.

Doch das Haarbüschel schwamm nicht lose, sondern saß auf einem Kopf, der Stück für Stück auftauchte und sich dabei vorwärtsbewegte. Dominik warf einen nervösen Blick zur Straßenecke, an der er den Rest der Knickerbocker-Bande zurückgelassen hatte. Keiner seiner Freunde war zu sehen. Dabei hätte er sie jetzt so gern neben sich gehabt.

Wie auf einer unter dem Wasser liegenden Treppe stieg die Gestalt aus dem Kanal. In dicken Tropfen perlte das Wasser von ihrem Kopf und rann über den dicken Stoff eines langen Umhangs. Weder der Kragen noch der Mantel schienen nass zu sein. Sie hingen nicht schwer und triefend von seinen Schultern, sondern bewegten sich leicht, als wären sie trocken.

Das Wesen kehrte Dominik den Rücken zu. Es stand nur noch bis zu den Knien im Wasser.

Vom offenen Fensterladen ertönte mehrere Male hintereinander ein Klicken. Wurde die Erscheinung etwa fotografiert?

Sehr langsam, mit ruhigen, mechanischen Bewegungen drehte die Gestalt im Kanal den Kopf zur Seite und blickte zum Fenster hinauf, von dem das Geräusch gekommen war. Sie trug eine Maske, die von der Stirn bis unter das Kinn reichte und an den Seiten die Ohren bedeckte. Obwohl Dominik schon mehrere Male am Theater gespielt und in Filmen mitgewirkt hatte, überraschte ihn der Anblick sehr. Noch nie zuvor hatte er eine solch unheimliche Maske gesehen.

Glatt und weiß glänzte die Oberfläche, wie straffe Haut, von der noch ein paar letzte Wassertropfen abperlten. Die Öffnung für das rechte Auge war mit einem unregelmäßigen grellroten Stern ummalt. Der Mund mit wulstigen Lippen stand halb offen. Dahinter blitzte eine Reihe von Zähnen auf, manche lang und gerade, andere gebogen wie Hauer. Sie glänzten golden. Dominik hatte manchmal den Drang, Dinge zu zählen, die er sah. Er hätte gerne gewusst, wie viele Zähne die Maske hatte. Doch von der Brücke aus konnte er nur eine Hälfte sehen. Als hätte die Gestalt seine Gedanken gelesen, drehte sie sich langsam um. Nun musste der Unbekannte am Fenster auf den Rücken des Wesens blicken, während Dominik die Vorderseite zu sehen bekam.

Die weiße Maske glotzte ihm wie eine grimmige, angriffslustige Fratze entgegen. Um das linke Auge war ein pechschwarzer Fleck gemalt, der den Eindruck vermittelte, die Augenhöhle sei leer. Die Nase stand spitz und lang hervor.

„Eins, zwei, drei, vier, fünf, sechs, sieben, acht, neun!" So viele goldene Zähne bleckten Dominik entgegen. Über eine Gesichtshälfte zog sich ein schwungvolles violettes Muster aus Wirbeln und Schnecken, auf der anderen spross eine zarte Distelblüte.

Durch die Schlitze funkelten Dominik zwei Augen entgegen. Er stand völlig im Bann der gespenstischen Erscheinung und starrte sie wie hypnotisiert an. Er spürte den Blick dieses Wesens auf sich, der ihn von oben bis unten abzutasten schien. Dann verharrte es einen Moment überrascht. Unter dem wallenden Umhang kamen Hände zum Vorschein, die die Maske umklammerten und gegen das Gesicht pressten. Den Kopf gesenkt, als wollte das Wesen sein Maskengesicht auf einmal verbergen, schritt es viel eiliger, als es gekommen war, wieder in die nasse Tiefe. Bald ragten nur noch der obere weiße Rand der Maske und die Haare über die Oberfläche. Als auch sie verschwunden waren, breitete sich das schwarze Kanalwasser darüber wie ein Stück undurchsichtiges Glas.

Auf den Zehenspitzen stehend beugte sich Dominik vor. Dabei schlug etwas gegen das Brückengeländer. Dominik fasste sich an den Kopf. Er hatte völlig vergessen, dass ihm sein alter Fotoapparat um den Hals baumelte. Er hätte sich am liebsten selbst geohrfeigt. Er hörte schon die vielen Fragen der anderen, wenn er von der unfassbaren Erscheinung erzählte, der er gerade begegnet war. Er hätte das Maskenphantom fotografieren können. In der Aufregung hatte er jedoch nicht daran gedacht.

Mit einem Knall schloss sich der Fensterladen wieder und verbarg den Beobachter, der außer Dominik der Einzige zu sein schien, der das rätselhafte Wesen gesehen hatte.

Aus dem Garten hinter der Mauer drang plötzlich ein Schrei. Er war schrill und lang und jagte Dominik einen Schauer über den Rücken. Es war der Schrei eines Mädchens, dem gerade etwas Entsetzliches zugestoßen sein musste.

ZUSAMMENSTOSS AM MARKUSPLATZ

Lilo, Poppi und Axel hörten den Schrei nicht. Sie waren viel zu weit entfernt und umgeben von einem Gewirr aus Stimmen und dem Flattern und Gurren der Tauben. Vor ihnen öffnete sich der Markusplatz, eine von Venedigs zahlreichen Sehenswürdigkeiten. Auf drei Seiten war der Platz von langen Häuserfronten aus hellem Stein und schattigen Arkaden mit teuren Läden und einladenden Cafés umgeben. Die vierte Seite bildete die Markuskirche mit ihren hohen Torbögen und Kuppeln. Links davon ragte wie ein etwas hochnäsiger, hagerer Wächter der *Campanile*, der Glockenturm, zum Himmel auf.

An einem kleinen Stand hatte Poppi ein Säckchen Maiskörner gekauft. Sie ließ ein paar in die offene Hand gleiten und sofort kamen von allen Seiten die Tauben zu ihr geflattert. Ohne Scheu landeten sie auf ihrem ausgestreckten Arm, um hungrig die Körner zu picken. Lilo hob die kleine Kamera, die an einer Schlinge von ihrem Handgelenk baumelte, um Poppi inmitten der aufgeregten Taubenschar zu knipsen.

Auf dem Uhrturm setzten sich zwei riesige Bronzefiguren in Bewegung. Sie schwangen schwere Hämmer zuerst nach hinten, um sie dann auf eine große Glocke, die in der Mitte zwischen ihnen hing, zu schlagen. Axel zählte vier Schläge und verglich die Zeit mit seiner Armbanduhr. Punkt vier Uhr nachmittags. Während Dominik gerade in den Bann des unheimlichen Maskenwesens geriet, wollte er endlich das Spiel fortsetzen, das durch seinen Freund vorhin unterbrochen worden war.

„Ich bin dran", rief er Poppi und Lilo zu. Poppi streute den restlichen Inhalt des Futtersäckchens auf das Pflaster und beobachtete den gierigen Taubenschwarm. Die Vögel flatterten wild durcheinander. „Immer wenn eine Schirmkappe an mir vorbeikommt, muss ich ...", fuhr Axel fort. Herausfordernd sah er Lilo und Poppi an.

„Immer wenn eine Schirmkappe an dir vorbeikommt, beißt du dich in die große Zehe", trug ihm Lilo auf.

Es war sicher das lustigste Spiel, das die Bande je erfunden hatte. Ein Spieler wählte eine Situation, in der er einen von den anderen gegebenen Auftrag ausführen würde. Vorhin, als Dominik aus dem Spiel ausgestiegen war, hätte er sich jedes Mal dazustellen sollen, wenn jemand auf einer Brücke fotografierte. Dann hätte er auf irgendetwas im Kanal deuten und dazu laut wie ein Schwein grunzen müssen. Das war für Dominik aber zu viel gewesen.

Im Gegensatz zu ihm nahm Axel die Herausforderung an. Er bückte sich und zog schnell den Schnürsenkel seines Sportschuhs auf. So war er jederzeit bereit herauszuschlüpfen und den Fuß bis zu seinem Mund hochzuziehen.

„Da!“ Poppi zeigte auf eine sehr rundliche Frau in pinkfarbenen Shorts und einem gestreiften T-Shirt, die an ihnen vorbeiwackelte. Als Schutz gegen die Sonne wippte eine kleine Schirmkappe auf ihren blond gefärbten Löckchen.

Axel packte sein rechtes Bein an Knöchel und Schienbein und zog es nur auf einem Fuß stehend bis zu seinem Gesicht hoch. Wie eine Preisrichterin stand Lilo neben ihm, um zu kontrollieren, ob er die große Zehe tatsächlich zwischen die Zähne bekam. Der gut durchtrainierte Axel war so gelenkig, dass er das mühelos schaffte.

„Punkt für mich!“, rief er triumphierend, ließ sein Bein los und warf die Arme in die Luft. Aus Übermut führte er einen Freudentanz auf, ohne dabei darauf zu achten, wo er hintrat. Im Taumel übersah er zwei

Herren, die mit ernsten Mienen über den Platz schritten. Sie waren ganz in ihr Gespräch vertieft und machten nicht den Eindruck, als hätten sie etwas besonders Erfreuliches zu bereden.

Axel stolperte gegen den größeren der beiden. Der Stoß kam für den Herrn mit dem silbergrauen Haar völlig unerwartet. Er verlor das Gleichgewicht, stürzte nach hinten und Axel fiel auf ihn.

Erschrocken schlug Poppi die Hände vor das Gesicht. In seinem schwarzen Anzug und mit dem zerfurchten, sehr blassen Gesicht sah der Mann auf dem Pflaster aus wie tot. Der graue Bart, der seinen Mund umrahmte, stand wie ein geknickter Eiszapfen von seinem Kinn ab.

Der Mann bewegte sich nicht, die wässrigen grünen Augen starrten in den Himmel.

Sein jüngerer Begleiter bückte sich besorgt, packte Axel an der Schulter und zerrte ihn unsanft zur Seite. Wie einen nassen Sack ließ er ihn fallen. Er ging neben dem gestürzten Mann in die Hocke und griff nach dessen faltiger, schlaffer Hand.

„Conte! Conte!", hörte Lilo ihn sagen. Conte war das italienische Wort für Graf. Der Herr, den Axel niedergerissen hatte, war also kein gewöhnlicher Mann. Lilo witterte Ärger und überlegte einen Moment, ob sie sich nicht mit Poppi und Axel schnellstens aus dem Staub machen sollte. Sogleich verwarf sie den Gedanken wieder, bückte sich und fragte auf Deutsch: „Soll ich Hilfe holen?“

Halb empört über die rohe Behandlung, halb verwirrt rappelte sich Axel hoch. „Nein, alles in Ordnung“, antwortete er, als hätte die Frage ihm gegolten. Lilo rollte mit den Augen und bedeutete ihm mit einer energischen Geste, still zu sein.

Der Conte wirkte wie aus einer anderen, längst vergangenen Zeit. Seine schwarze Anzugjacke war viel länger als die, die man heute trägt, die Hose hatte einen glänzenden Stoffstreifen an der Seite.

„Conte!“, wiederholte der andere Herr immer wieder besorgt.

Lilo und Poppi hielten die Luft an. Ein paar Sekunden später blinzelte der Conte endlich. Es bereitete ihm große Mühe, sich aufzusetzen. Sein Begleiter musste ihn stützen. Als wüsste er nicht mehr, wo er sich befand, blickte er um sich. Er atmete tief durch und ließ sich hochziehen. Bald hatte er sich wieder unter Kontrolle und klopfte energisch den Staub von seinem Anzug. Als Letztes strich er sich über den Bart und ordnete die langen, gekräuselten Haare.

„Entschuldige dich!“, raunte Lilo Axel zu. Da ihr Freund nicht sofort reagierte, stieß sie ihm mit dem Ellenbogen in die Seite.

„Tut mir leid“, brummte Axel lahm.

In gebrochenem Deutsch sagte der jüngere der beiden Herren: „Verboten sollte man euch Touristen. Wo eure Eltern? Vorsicht auf Leute. Kinder! Eine Plage, diese Kinder, immer eine Plage."

Der Conte musterte Axel, Lilo und Poppi aus zusammengekniffenen Augen. Der Ausdruck auf seinem Gesicht war nicht zu deuten. Lilo war die ganze Sache sehr unangenehm und sie wollte so schnell wie möglich fort.

Sehr klar und ohne Akzent fragte der Conte auf Deutsch: „Was muss man machen, um euch Wilde zu zähmen? Ist es überhaupt möglich, euch Benehmen und Manieren beizubringen?"

Axel explodierte. „Jetzt tun Sie nicht so", entfuhr es ihm. „Ich habe mich nur gefreut und auf dem Rücken habe ich keine Augen."

Lilo war kurz davor, ihm einen weiteren Rippenstoß zu versetzen.

Der Conte wurde von seinem Begleiter sanft am Arm gepackt. Er murmelte ihm einige beruhigende Worte zu und versuchte, ihn wegzuziehen. „Wenn sich das Unglück wie ein kalter Schatten über uns legt, müssen wir an jeder Ecke mit dem Verderben rechnen", sagte der Conte leise vor sich hin. Poppi hatte den Eindruck, dass das zerknitterte Gesicht in diesem Moment noch mehr Falten bekam und die ohnehin schon bleiche Farbe noch ein paar Stufen weißer wurde. Ihr lief trotz der Wärme ein kalter Schauer über den Rücken. Plötzlich hatte sie das Gefühl, einem Gespenst gegenüberzustehen.

Die Begegnung endete so schnell und unerwartet, wie sie begonnen hatte. Ohne ein weiteres Wort zu sagen, wandte sich der Conte ab. Mit leicht gekrümmtem Rücken schritt er davon, sein Begleiter dicht neben ihm. Schweigend sahen ihnen die drei Freunde hinterher. Auch Axel und Lilo war die Begegnung nicht ganz geheuer.

Die Männer verschwanden im Schatten eines Durchganges unter den Arkaden, der vom Markusplatz in das Gewirr der Gassen und Kanäle Venedigs führte.

Erst jetzt bemerkten die drei den blassgelben Briefbogen auf dem Boden. Er musste aus der Ledermappe gerutscht sein, die der Begleiter des Conte unter dem Arm getragen hatte.

Poppi hob das Blatt Papier behutsam auf und reichte es Lilo. „Avvocato“, las Lilo oben auf dem Briefkopf. Die Anrede, die sehr schwungvoll mit einem Füller geschrieben war, richtete sich an einen Conte Mamole.

„Gib mir das, ich lauf ihm hinterher“, sagte Axel und entriss Lilo den Brief. Er sprang die Stufen zu den leicht erhöhten Arkaden hinauf und rannte durch den langen Mauerbogen. Schließlich erreichte er eine Kreuzung, die in drei Richtungen führte. Weder in der Straße vor sich noch in den seitlichen Gassen konnte er die beiden Herren ausmachen. Axel suchte nach einer Adresse auf dem Brief, es gab jedoch keine. Vorläufig musste er das Schreiben also behalten. Er faltete den Bogen zweimal und steckte ihn in die hintere Tasche seiner Jeans.

Francesca, die Sensation

Noch immer stand Dominik wie unter Schock. Das Auftauchen des Maskenphantoms hatte ihn verwirrt, der grässliche Schrei aus dem Garten ließ ihn unschlüssig stehen bleiben. Was sollte er tun? Was konnte er unternehmen? Er hatte Mühe, seine Hand ruhig zu halten, als er in der Tasche seiner Jacke nach dem Handy kramte.

„No!", brüllte jemand hinter der Mauer, die sich leicht über das Wasser des Kanals beugte. Es folgte ein Schwall sehr wütend klingender italienischer Sätze. Das Mädchen, das Dominik zuvor mit seinem gellenden Schrei erschreckt hatte, schien nun zornig zu schimpfen. Immer wieder fiel eine erregt klingende rauchige Frauenstimme ein, die es zur Ordnung rief. Mit wenig Erfolg.

Die Zweige der überhängenden Büsche bewegten

sich, das Blattwerk raschelte. Ein rotblonder Schopf kam in die Höhe geschossen und ein Bein, das in einer giftgrünen engen Hose steckte, wurde auf die Mauer geschleudert, Arme und ein Oberkörper in einem grellblauen Pullover folgten. Das Mädchen schimpfte noch immer unablässig über die Schulter zurück in den Garten, während es die Beine von der Mauer über den Kanal baumeln ließ.

Auch wenn Dominik kein Wort von dem verstand, was die Frau hinter der Mauer sagte, konnte er sich denken, worum es ging: Sie verlangte, dass die Ausreißerin zurückkam.

„Ciao!“ Das Mädchen hatte Dominik entdeckt und winkte ihm wie einem alten Freund. Sie lehnte sich zurück und warf sich in Pose, als wäre sie ein Fotomodell. „Take a picture!“, verlangte sie auf Englisch. „I am a sensation in Venice!“ Sie wollte, dass er sie fotografierte, weil sie eine Sensation in Venedig sei.

Neben dem Mädchen tauchte ein Frauenkopf auf. Die Frau war nicht mehr sehr jung, sie hatte langes kräftiges eisgraues Haar. Es sah aus, als wäre sie auf einen Stuhl gestiegen. Energisch packte sie das Mädchen am Arm und versuchte, es zurück in den Garten zu ziehen.

Wirklich in Not war das Mädchen nicht, so viel stand fest. Es schien sich um einen ganz normalen Krach zwischen Oma und Enkelin zu handeln.

Durch die Seitengasse näherten sich mit schnellen Schritten zwei Männer. Ein grünes Augenpaar, das tief in einem Knittergesicht lag, musterte Dominik argwöhnisch. Der jüngere der beiden war sehr aufgebracht. Auf der Brücke angekommen bemerkte der ältere das Mädchen auf der Mauer. Das Blut schoss ihm vor Zorn ins Gesicht und er rief ihr etwas zu. Sie antwortete darauf mit einem höhnischen Lachen. Drohend schwang der Mann seine knochige Faust. Er stolperte über die eigenen Beine, als er weiterlief, und wurde von seinem Begleiter in letzter Sekunde aufgefangen. Kaum waren die Männer auf der anderen Seite der Brücke angekommen, entwand sich das Mädchen dem harten Griff der Frau, warf einen kurzen Blick in das trübe Kanalwasser, presste Lippen und Augen fest zu und sprang.

Der rotblonde Schopf versank wie ein Stein. Die Frau stieß einen erschrockenen Schrei aus und versuchte, über die Mauer zu blicken, doch die Kante war zu hoch.

Prustend und spuckend tauchte das Mädchen knapp vor der Brücke wieder auf und schwamm mit kräftigen Bewegungen zu einem sehr schmalen Mauervorsprung, der wahrscheinlich als Anlegemöglichkeit für Gondeln gedacht war. Dort zog sie sich hoch, presste sich mit dem Rücken gegen die Hausmauer und schüttelte sich mit angewiderter Miene das Wasser aus dem Gesicht und den Haaren. Sie schnaubte die Tropfen aus den Nasenlöchern. Energisch strich sie das nasse Haar nach hinten, schob sich an der Mauer entlang bis zur Brücke, griff nach einem vorspringenden Stein, schwang sich nach oben, kletterte über das Geländer und stand plötzlich neben Dominik. Sie grinste ihm ins Gesicht und schlug ihm mit der flachen Hand kumpelhaft auf den Rücken. Dominik stolperte zwei Schritte nach vorn.

Das Mädchen sprach ihn zuerst auf Englisch an. Als Dominik zögerte, wechselte sie zu Französisch, und als er immer noch nicht reagierte, versuchte sie es auf Deutsch.

„Na, Großauge! Noch nie jemanden schwimmen gesehen?“, machte sie sich über sein erstauntes Gesicht lustig.

Dominik fragte sich, warum sie so gut Deutsch sprach. Inzwischen war der Kopf der Frau hinter der Mauer verschwunden.

Das Mädchen rannte los. „Du bist tot, wenn du ihnen verrätst, wohin ich gelaufen bin!“, rief sie warnend über die Schulter. Dominik wollte dieses Risiko gar nicht erst eingehen und folgte ihr. Sie hinterließ eine nasse Spur auf den zerbrochenen Steinfliesen. Als sie das bemerkte, fluchte sie leise. An der nächsten Ecke bog sie in die Gasse, in der Dominik seine Freunde zum letzten Mal gesehen hatte, lief ein Stück geradeaus, um dann wieder nach links abzubiegen. Nach ein paar Schritten flüchtete sie durch einen engen Durchgang in einen Innenhof, in dem Palmen in Holzeimern wucherten. Dann tauchte sie durch einen Seitenausgang im Gedränge einer Ladenstraße unter.

Aus Neugier war ihr Dominik dicht auf den Fersen geblieben. Selbst in einem stockfinsteren Raum hätte er das Mädchen mit den leuchtend roten Haaren jederzeit wiedergefunden. Nach dem Bad im schmutzigen Kanalwasser stank sie nämlich gewaltig. Das war ihr aber wohl egal. Auch die klatschnasse Hose und der Pulli kümmerten sie wenig. Obwohl die Touristen sie naserümpfend und sehr erstaunt musterten, schlenderte sie an den Schaufenstern entlang, als wäre nichts dabei.

„Hallo“, sagte Dominik, als er aufgeholt hatte und neben ihr ging. Fürs Erste fiel ihm nichts Besseres ein.

Das Mädchen musterte Dominiks blaue Marinejacke und die weiße Hose. Es fehlte nur die weiße Kappe und man hätte ihn für den Kapitän eines Schiffes halten können.

„Was bist du denn?“, fragte das Mädchen grinsend.

„Eine gute Frage“, antwortete Dominik ruhig. „Du scheinst eine Sumpfdotterblume zu sein. Das stelle ich am Geruch fest.“

„Du bist ja lustig!“, lachte das Mädchen, ohne auch nur einmal stehen zu bleiben, und zupfte an ihrem Pulli herum.

„Brauchst du Hilfe?“, fragte Dominik höflich.

„Gegen Donatella? Nein! Mit der werde ich schon fertig. Der Conte ist ein härterer Knochen. Er hätte mich bestimmt wieder in das Verlies gesperrt. Dazu muss er mich aber erst einmal kriegen, der alte Nussknacker.“

Dominik hatte gehofft zu erfahren, wieso das Mädchen so geschrien hatte. Außerdem wollte er sie fragen, ob sie etwas über die Maske wusste, die aus dem Kanal aufgetaucht war, oder über den Nachbarn, der sie beobachtet hatte. Stattdessen gab ihm das Mädchen noch mehr Rätsel auf.

„Einen Moment mal, du wirst in ein Verlies gesperrt?"

„Ich nenne es so. Es ist ein Zimmer mit nur einem ganz winzigen Fenster. Der Conte hält es für ‚Erziehung', wenn ich dort hocke und über mein schlechtes Benehmen nachdenke." Sie grinste breit. „Beim letzten Mal habe ich ein Päckchen Zigaretten hineingeschmuggelt. Nachdem er abgesperrt hatte, habe ich den Rauch unter der Tür durchgeblasen. Er hat den Zuckaus bekommen."

„Zuckaus?", wiederholte Dominik fragend.

„Er ist halb verrückt geworden", sagte das Mädchen spöttisch.

„Aha!"

Sie schlüpfte in einen kleinen Laden, vor dem bunte Kleider aus gekrepptem Baumwollstoff ausgestellt waren. Hinter einer trüben Scheibe hingen noch weitere Kleidungsstücke der gleichen Art. Da Dominik das Mädchen nicht einfach laufen lassen wollte, folgte er ihr.

Sie betraten einen hohen, sehr engen Raum. An zwei Wänden reichten alte Holzregale vom Boden bis zur Decke, an der dritten waren drei Kleiderstangen untereinander montiert. In den Fächern lagen nach den Regenbogenfarben sortierte Blusen und Röcke gestapelt. Auf den Stangen hingen die Kleider so dicht, dass es fast unmöglich war, die Hand dazwischenzustecken.

Von einem wackeligen Stuhl sprang eine füllige Frau auf, die selbst eines dieser Baumwollkleider trug. Dazu hatte sie sich ein Tuch um die Hüften geschlungen, ein weiteres um den Hals und ein drittes um das Handgelenk. Sie drückte das Mädchen an ihren großen Busen, nannte sie Francesca und schimpfte in liebevollem Ton über ihren Zustand und den Geruch, den sie verströmte. Bevor Francesca etwas sagen konnte, hatte die Frau schon ein Kleid in der passenden Größe herausgesucht und drängte Francesca damit hinter einen schmuddeligen Vorhang, der eine schmale Wandnische abtrennte, die als Umkleidekabine diente.

Als diese eine Minute später wieder auftauchte, erinnerten nur noch ihre nassen Haare an den Sprung in den Kanal. Sie fuhr sich mit gespreizten Fingern durch die kurzen Strähnen, um sie aufzulockern, und schüttelte mit den Schultern das Kleid zurecht. Der Stoff war orangefarben, die aufgedruckten, indisch wirkenden Muster dunkelrot. Francesca sah darin völlig verändert aus, viel weicher und feiner.

Sie bedankte sich mit einem schmatzenden Kuss bei der Verkäuferin und verließ ohne zu bezahlen den Laden. Dominik zögerte, weil er befürchtete, selbst die

Rechnung begleichen zu müssen. Die Frau aber hatte sich schon wieder hingesetzt und die Zeitschrift in ihre rechte Hand genommen, in die sie zuvor vertieft gewesen war.

Auf der Straße holte Dominik Francesca nach ein paar Schritten ein. „Ich würde gerne erfahren, was gerade geschehen ist. Wieso kannst du einfach ein Kleid nehmen, ohne zu bezahlen? Und was passiert jetzt mit deinen nassen Sachen? Werden sie von der Frau gereinigt?"

Francesca blieb plötzlich stehen, drehte sich zu Dominik und sah ihn fest an. „Du wohnst mit deinen Eltern bestimmt in einem Hotel. So fein, wie du aussiehst, hast du ein Zimmer für dich allein. Ich kann also bei dir pennen."

„Nein!", platzte Dominik heraus.

Francesca hatte sofort wieder das spöttische Grinsen auf ihrem Gesicht. „Na, ich werde dich schon nicht heimlich küssen oder mit dir schmusen, keine Angst."

Dominik spürte, dass er einen knallroten Kopf bekam, und war auf sich selbst wütend.

„Das meine ich nicht", verteidigte er sich hastig. „Aber ich bin weder mit meinen Eltern hier noch wohnen wir in einem Hotel. Meine Freunde und ich sind auf Klassenfahrt und wir sind in einem entsetzlich stickigen und muffigen Haus untergebracht."

Je schlimmer er ihre Unterkunft schilderte, desto begeisterter leuchteten Francescas Augen.

„Wird bestimmt keinem auffallen, wenn ich bei euch untertauche. Wenigstens eine Nacht. Obwohl zwei besser wären. Und am allerbesten wären drei Nächte. Dann habe ich Donatella und den Conte richtig mürbe gemacht. Er hat noch ein paar Falten mehr und Donatellas Haare sind endlich ganz weiß. Wenn ich dann auftauche, brechen sie in Jubelgeschrei aus, weil sie froh sind, dass ich nicht von einem Mädchenhändler entführt und verkauft worden bin."

Noch nie zuvor hatte Dominik jemanden so schnell und viel reden hören. Er sah sie mit offenem Mund staunend an. Mit einem Finger drückte Francesca seine Kinnlade von unten zu. „Besser so. Sonst verschluckst du noch eine Fliege. Also, wo wohnt ihr? Können wir jetzt los?"

„Äh … nein. Zuerst muss ich meine Freunde finden, um fünf Uhr treffen wir uns mit dem Rest der Klasse beim *Campanile*."

„Auch gut." Francesca war offensichtlich mit allem einverstanden.

Dominik drückte auf seinem Handy herum. Es war ganz neu und er kannte sich noch nicht damit aus. Auf einmal blinkte in roten Buchstaben das Wort *record*. Erst nach einigen Versuchen schaffte er es, die Aufnahme zu stoppen. Nun war das Wort *play* zu sehen. Er tippte mit dem Finger darauf und hörte seine eigenen Schritte und sein leises Schimpfen, weil das Handy nicht genau das getan hatte, was er von ihm wollte. Wenigstens wusste er jetzt, dass das Gerät auch eine Aufnahmefunktion besaß. Eigentlich wollte er aber Lilo anrufen. Als er endlich die gespeicherte Nummer gefunden hatte, drückte er auf das Symbol mit dem grünen Hörer.

Ein uralter Brief

„Das klingt total verrückt.“ Francesca starrte den Briefbogen an, den die Knickerbocker nach dem Zusammenstoß mit dem Conte gefunden hatten.

Dominik hatte sich mit seinen Freunden auf dem Markusplatz getroffen und ihnen Francesca vorgestellt.

Zuerst wollte er ihnen sofort von der Begegnung mit dem Maskenphantom berichten, ein komisches Gefühl hielt ihn jedoch zurück.

Axel, Lilo und Poppi waren freundlich, aber zurückhaltend zu Francesca. Die forsche Art des Mädchens war ihnen fremd. Auch von ihnen hatte Francesca gleich verlangt, sie sollten sie die nächsten Tage in der Herberge verstecken. Lilo hatte sie nachdenklich angesehen und war ihr eine Antwort schuldig geblieben. Ihr Schweigen war ein Trick, um Francesca ein bisschen stärker aus der Reserve zu locken und mehr zu erfahren.

Dominik war die Begegnung seiner Freunde mit dem Mädchen, das auf so ungewöhnliche Weise in sein Leben getreten war, unangenehm, fast peinlich. Axel hatte abwehrend die Arme vor der Brust verschränkt, Poppi kauerte auf dem Boden und spielte mit einer Taube und Lilo streckte skeptisch das Kinn vor. Dominik war auf einmal unbehaglich zumute.

Um für bessere Stimmung zu sorgen, machte er einen Vorschlag: „Ich lade euch alle auf ein Eis ein."

Er hatte vor Kurzem wieder in einem Film mitgespielt und dafür eine Menge Geld bekommen. Auch wenn seine Eltern darauf bestanden, die Gage auf ein Sparbuch zu legen, bekam er doch immer einen kleinen Teil davon als zusätzliches Taschengeld. Davon konnte er seine Freunde einladen.

Er ging auf die zierlichen weißen Tischchen eines noblen Cafés zu, die auf dem Platz aufgestellt waren. *Café Florian* stand auf den Papierservietten. Unter einem Baldachin saß ein kleines Orchester und spielte schwungvolle Musik.

Axel fielen fast die Augen aus dem Kopf, als er die Preise sah. Drei Kugeln Eis kosteten so viel wie sechs Kugeln in jeder Eisdiele bei ihnen zu Hause. Lilo wollte Erdbeer, Schokolade, Haselnuss, Poppi nur Vanille, Axel bloß Zitrone und Dominik wählte alle Eis-

sorten aus, die so schwer auszusprechende Namen wie Stracciatella hatten. Francesca bestellte eine doppelte Cola.

Während sie auf das Eis warteten, begann Dominik zu schildern, wie er Francesca kennen gelernt hatte. „Ihr Großvater ist ein Graf, ein Conte", schloss er.

Als das Wort „Conte" fiel, zuckten Poppi, Axel und Lilo wie elektrisiert zusammen.

„Conte?", wiederholte Lilo langsam. „Hat er viele Falten im Gesicht?"

Jetzt guckte Francesca erstaunt und runzelte die Stirn. „Sag bloß, du kennst den alten Nussknacker, Zöpfchenfrau?"

Lilo überhörte die „Zöpfchenfrau“ und erzählte von dem Zusammenstoß. Ihr fiel der Brief ein, den Francesca ihrem Urgroßvater ja mitnehmen konnte. Axel zog ihn aus der Hosentasche und strich ihn verlegen auf dem Tisch glatt. Beim Sitzen war das Papier ziemlich zerknittert worden.

„Tut mir echt leid“, sagte er zerknirscht.

Zuerst wollte Francesca das Schreiben einfach zerknüllen und in die Tasche ihres Kleides stopfen. Der Briefkopf machte sie aber neugierig. Ihre Lippen bewegten sich, während sie die Zeilen las. Dann schüttelte sie langsam den Kopf. Sie sah auf und blickte in die fragenden Gesichter der Knickerbocker.

„Der Notar schreibt meinem Urgroßvater, dass er einen Brief für ihn hat.“

„Ist das ungewöhnlich? Notare bewahren doch alles Mögliche auf. Testamente zum Beispiel“, warf Dominik ein.

Francesca machte eine wegwerfende Handbewegung. „Ein Testament ist harmlos gegen diesen Brief.“

„Wieso? Was steht denn darin?“ In Lilo erwachte die Neugier, die die Knickerbocker-Bande schon in so viele Abenteuer gestürzt hatte.

„Worum es in dem Brief geht, steht hier nicht, erwiderte Francesca. „Leider“, fügte sie nach einer kurzen Pause hinzu. „Aber der Brief ist alt, uralt.“

Ein Kellner im Frack brachte die Eisbecher und

zwei kleine Flaschen Cola. Er traute den jungen Gästen wohl nicht ganz über den Weg, denn nach dem Abstellen der Gläser zückte er sofort seine lederne Geldtasche. „Darf ich bitte gleich kassieren?", fragte er auf Italienisch. Er zog einen kleinen Zettel hervor und legte ihn auf den Tisch. Dominik nahm die Rechnung wie selbstverständlich an sich, bezahlte und gab auch noch ein dickes Trinkgeld. Der Kellner verneigte sich und ging davon.

„Was ist mit dem Brief?", drängte Axel. Er ließ Francesca nicht aus den Augen, während er sein Eis löffelte.

„He, Mucki-Mann, bist ja ganz schön neugierig!"

Axel verzog fragend den Mund. „Hast du mich ‚Mucki-Mann' genannt?"

In Francescas Augen blitzte es frech. „Klar. Sieht doch ein Blinder, dass du deine Muskeln trainierst. Du brauchst die Muckis, nicht? Die machen mehr aus dir, weil du sonst nur eine halbe Portion bist."

Nichts brachte Axel mehr in Wut, als wenn sich jemand über seine Größe lustig machte. Es stimmte, er war kleiner als die meisten seines Alters. Lange Zeit war er deshalb gehänselt worden und hatte sich Spitznamen wie „Abgezwickter" und „Schrumpfkopf" anhören müssen. Erst als er die Landesmeisterschaften in Leichtathletik gewonnen hatte, war Schluss mit den Spitznamen gewesen. In einer Vitrine der Schule waren bereits mehrere Pokale ausgestellt, die alle er gewonnen hatte. Aber Francesca hatte ihn durchschaut und seinen wunden Punkt getroffen. Er setzte an, sie zu beschimpfen, doch Lilo fiel ihm sogleich ins Wort, um einen Streit zu verhindern. „Jetzt sag uns endlich, was mit diesem Brief los ist!"

„Der Brief ist aus dem Jahr 1786! Er wurde bei einem Vorfahren des Notars hinterlegt und soll nun meinem Urgroßvater übergeben werden, der zurzeit Oberhaupt der Familie ist." Sie legte eine Pause ein, um ihre Worte wirken zu lassen.

Die vier Freunde ließen die Eislöffel sinken und sahen Francesca ungläubig an. Die grinste von einem Ohr zum anderen und nickte. „Ich sage die Wahrheit. Wenn ihr mir nicht glaubt, soll euch der Servierpinguin den Brief übersetzen. Er kann sicher ein bisschen Deutsch."

„Ein Schreiben, das erst nach mehr als zweihundert Jahren übergeben wird", murmelte Lilo vor sich hin. Gedankenverloren rührte sie in ihrem Becher und mischte die drei Eissorten zu einem braunen Brei. „Was kann in einem solchen Brief stehen?"

„Ich hätte fast Lust, in den Palazzo zurückzugehen und nachzusehen", meinte Francesca. „Wie ich den Conte aber kenne, hat er den Brief – falls er nicht noch beim Notar liegt – schon in seinem uralten Tresor eingeschlossen. Der Tresor ist genau wie er."

Axel sah sie über den Rand des Eisbechers hinweg an. „So faltig?“

„Neiiin“, sagte Francesca gedehnt. „Hast du schon von faltigem Stahl gehört? Der Tresor ist immer verschlossen. Der Conte trägt die beiden Schlüssel an einer Kette um den Bauch und die Zahlenkombination, mit der man den Tresor öffnen kann, kennt natürlich auch nur er.“

„Ist dein Urgroßvater eigentlich immer so blass?“, erkundigte sich Lilo.

„Blass? Das wechselt. Manchmal ist er grau, dann krebsrot vor Zorn, dann wieder grün vor Ärger“, antwortete Francesca und nahm einen großen Schluck Cola direkt aus der Flasche. Die tadelnden Blicke der anderen Gäste und des Kellners genoss sie.

„Er wirkte sehr aufgebracht. Und nach dem Sturz lag er da wie tot“, sagte Lilo.

Francesca legte den Kopf weit in den Nacken und beobachtete die Wolken, die der Wind über den Himmel jagte. „Ob der Brief daran schuld ist? Der Conte war in letzter Zeit ziemlich gereizt. Und ständig berät er sich mit Luigi. Ich kann diesen Speichellecker nicht ausstehen. Am liebsten würde er vor dem Conte herumkriechen und ihm die Füße küssen.“

Bei dieser Vorstellung musste Poppi schmunzeln. Der Begleiter des Conte hatte in der Tat sehr unterwürfig gewirkt.

„Und wer ist Luigi?“ Lilo kostete von dem Eismischmasch, den sie vor sich hatte.

„Luigi ist so eine Art Anwalt und Detektiv. Urgroßvater hat ihn irgendwann ins Haus gebracht, und seither weicht ihm Luigi nicht mehr von der Seite.“

Die Bronzefiguren auf dem Uhrturm holten zu neuen Schlägen aus und ließen die Glocke tönen. Fünf Uhr. Zeit, den Rest der Schulklassen und die Lehrer zu treffen, die mit ihnen nach Venedig gereist waren. Zuspätkommen brachte Strafarbeiten ein, auf die die Knickerbocker gerne verzichteten. Deshalb sprangen alle vier auf und ließen den Rest des Eises einfach stehen.

„He, wohin geht ihr?“, rief Francesca. Sie schnappte sich die zweite Colaflasche und folgte den Freunden.

„Du kannst nicht mit uns in die Jugendherberge kommen“, meinte Poppi.

„Kannst nicht mit uns in die Jugendherberge!“, äffte Francesca sie nach und warf Poppi einen verächtlichen Blick zu. „Was machst du überhaupt bei den Großen? Gehörst du nicht in den Kindergarten?“

Poppi schnappte empört nach Luft. Ja, sie war die Jüngste der Knickerbocker-Bande und sie sah auch wirklich sehr jung aus. Warum war Francesca bloß so gemein? Und das nachdem Dominik ihr zwei Flaschen Cola spendiert hatte!

„Ich … ich muss euch *noch* etwas erzählen“, begann

Dominik hektisch. Sobald die anderen aus der Schule dabei waren, würde es keine Gelegenheit mehr geben. Es gab dann zu viele neugierige Ohren.

„Wo wohnt ihr überhaupt?“, fragte Francesca beiläufig.

„*Loconda Minerva*“, sagte Dominik schnell, um nicht weiter von Francesca unterbrochen zu werden und endlich mit seinen Freunden über das Auftauchen des Maskenwesens reden zu können. Wort- und grußlos drehte sich Francesca um und lief davon. Lilo hatte aber sofort das Gefühl, dass sie dieses Mädchen bald wiedersehen würden. Sehr bald.

„Hört mal her, es gibt da etwas …“, setzte Dominik erneut an.

„Hallo, hier sind wir!“ Ein paar Klassenkameraden hatten die Bande erspäht und winkten mit beiden Armen. Enttäuscht ließ Dominik die Schultern sinken. Er würde sich gedulden müssen. Dabei brannte er darauf, seinen Freunden vom Maskenmonster zu berichten.

Das Maskenungeheuer

Gleich sechs Klassen aus der Schule, auf die alle vier Mitglieder der Knickerbocker-Bande gingen, waren mit ihren Lehrern nach Venedig gereist. Eine Woche lang sollten sie gemeinsam die Lagunenstadt erforschen, um später im Geografieunterricht, in Geschichte, aber auch in Deutsch und in Kunst darüber zu sprechen.

Loconda Minerva hieß übersetzt „Landhaus Minerva". Minerva war der Name der Göttin der Kunstfertigkeit. Daher lag die Vermutung nahe, es handle sich bei dem Landhaus um ein schmuckes Gebäude mit weiß verputzten Wänden, dunklen Holzbalken und spiegelnden Fliesenböden. In Wirklichkeit sah die Jugendherberge aber ganz anders aus.

Früher einmal, vor ziemlich langer Zeit, war sie ein Hotel gewesen. Axel hatte beim Betreten ihres Zimmers gescherzt, dass hier nur Gartenzwerge, Puppen und Kuscheltiere gewohnt haben konnten. Die Kammer, die er mit Dominik teilte, bot gerade genug Platz für ein schmales Etagenbett. Es gab keinen Schrank, nur zwei Haken an der Wand zwischen dem Fußende des Bettes und der Tür. Für einen Stuhl oder ein Tischchen war kein Platz. Statt eines Fensters hatte das Zimmer eine Luke, die kaum größer als ein Briefschlitz war.

Obwohl Poppi und Dominik zwei Klassen unter Lilo und Axel waren, hatten sie die Erlaubnis erhalten, sich mit ihren Freunden ein Zimmer zu teilen. Die Mädchen hatten in ihrem einen wackeligen Hocker und ein Waschbecken. Dafür ließ sich das Wasser nicht abdrehen und tröpfelte auch nachts nervtötend in das Porzellanbecken.

Die meisten anderen Gästezimmer waren größer. Allerdings wohnten auch sechs, acht oder sogar zehn Schüler darin. Die vier Knickerbocker hatten von ihren Kameraden einige neidische Blicke geerntet, weil sie es geschafft hatten, die Doppelzimmer zu erobern.

Herr Fuchs, der Schuldirektor und Leiter der Venedigwoche, zeigte den Schülern über dem Portal des Markusdomes einen vergoldeten geflügelten Löwen in einem Bogen aus blauem Stein mit Sternen. „In dieser Kirche liegen die Gebeine des heiligen Markus, dessen Symbol der Löwe war. Der geflügelte Löwe wurde zum Wappentier Venedigs, als Venedig noch eine eigene Republik war."

Fotoapparate wurden gezückt, Auslöser klickten, auf den kleinen Monitoren der Digitalkameras wurden die Bilder sogleich begutachtet. Nur ein paar Schritte weiter wartete schon die nächste Sehenswürdigkeit, der Dogenpalast. Hier hatten die Oberhäupter der früheren Republik ihren Sitz gehabt.

„Beachtet bitte die besondere Architektur des Palastes!" Der Schuldirektor geriet ins Schwärmen und gestikulierte aufgeregt. „Getragen wird das große Gewicht des oberen Stockwerks von scheinbar dünnen Säulen, die das Erdgeschoss bilden." Wieder wurde geknipst. Der Direktor bedeutete den Klassen, ihm zu folgen, führte sie an der langen Front des Dogenpalastes vorbei, bog um eine Ecke und ging eine geschwungene Bogenbrücke hinauf. Von dort konnten sie in einen breiten Kanal blicken, der die Rückseite des Palastes begrenzte. Eine weiß schimmernde Brücke aus Kalkstein verband ihn mit dem Haus gegenüber, das aus massiven Steinquadern erbaut war und wie eine Festung wirkte.

„Im Dogenpalast befand sich auch das Gericht und die Verurteilten wurden von dort über diese Brücke in die Kerker oder zur Hinrichtung geführt. Durch eines der beiden Fenster des Brückenhauses konnten die Gefangenen einen letzten Blick auf die Freiheit werfen, bevor sie in dunkle Zellen eingesperrt wurden. Weil den meisten von ihnen dabei ein trauriger Seufzer entschlüpfte, trägt die Brücke den Namen Seufzerbrücke."

Die Tour führte die Klassen weiter durch ein Labyrinth von Gassen und über kleine Plätze. Auf einem stand ein verwittertes Denkmal, auf dessen Kopf sich drei Tauben drängten.

„Dem Armen haben sie auf den Kopf geschissen", kicherte Axel.

Das Denkmal zeigte eine sitzende Figur, die eine kleine Truhe auf dem Schoß hielt. Die Hände hatte sie schützend daraufgelegt.

„Wer ist das?", fragte Lilo Herrn Fuchs.

Der Schuldirektor gab es nicht gerne zu, aber er wusste es nicht. Auch den Namen auf dem Sockel hatte er noch nie gehört. Ein alter Mann ging mit schleifenden Schritten an ihnen vorbei. Er bemerkte die Ratlosigkeit des Schuldirektors und stieß einen Schwall italienischer Worte aus.

Herr Fuchs, der die Sprache beherrschte, nickte immer wieder und wandte sich schließlich an Lilo: „Es handelt sich um einen venezianischen Dichter. Er muss einmal sehr berühmt und beliebt gewesen sein. Ich werde mir ein Buch mit seinen Gedichten besorgen. Jetzt aber weiter zur Rialtobrücke."

Auf der Rialtobrücke, die sich in einem eleganten

Bogen über das Wasser spannte, befanden sich zwei Reihen kleiner Geschäfte, die sich dicht aneinanderdrängten. Der Fischmarkt, den der Schuldirektor ihnen ebenfalls zeigen wollte, war schon abgebaut, der Geruch der Meerestiere lag aber noch in der Luft. Mit großer Sicherheit führte Herr Fuchs die Schüler durch die Gassen und über die Brücken.

„In Venedig soll es vierhundertvierundvierzig Brücken geben", sagte er und fügte hinzu: „Ich habe sie nicht nachgezählt, aber es wird schon stimmen."

Als sie endlich die Herberge erreichten, seufzte Lilo: „Ich glaube, wir sind heute über alle vierhundertvierundvierzig Brücken gegangen. Meine Füße tun mir jedenfalls schrecklich weh."

Axel deutete auf seine Schirmkappe. „Gut, dass ich die trage. Sie hält meinen Kopf zusammen. Der platzt fast wegen all der Geschichten, die uns der schlaue Fuchs erzählt hat."

Dominik hatte nur wenig mitbekommen. Seine Gedanken waren die ganze Zeit bei der Spukgestalt gewesen, die ihm begegnet war. Der Anblick der weißen Fratze hatte sich in sein Gedächtnis gebrannt.

„Wir sind an insgesamt dreizehn Läden vorbeigekommen, die Masken anbieten", sagte er zu seinen Knickerbocker-Freunden. „In den Schaufenstern waren zwischen zweiundzwanzig und einmal sogar achtundvierzig Masken ausgestellt. Ich habe sieben

Grundtypen erkannt, sieben Gesichter, die immer wieder auftauchten."

Axel stöhnte, als hätte ihm jemand einen Zementsack auf die Schultern gelegt. „Musst du immer alles zählen?"

„Ja!", antwortete Dominik. „Ich kann nicht anders. Zurzeit jedenfalls. Jedem seine Marotte!"

„Marotte!", äffte Axel ihn nach.

„Übrigens nehme ich an, dass fünfzig Prozent der Masken das ganze Gesicht bedecken, die übrigen nur Augen und Nase."

„Der Karneval in Venedig ist ein Riesenspektakel", rief der Direktor über die Köpfe der Schüler hinweg. „Zur Karnevalszeit kommen Tausende von Menschen in die Stadt, um hier in prachtvollen Verkleidungen und mit kunstvollen Masken eine Stimmung zu erzeugen, wie sie früher einmal in Venedig geherrscht haben muss. Damals wurden in den noblen Palazzi Bälle mit Hunderten von Gästen veranstaltet. Im ersten Stock, dem *piano nobile*, befindet sich in den meisten Palästen ein lang gestreckter Ballsaal, in dem die maskierten Damen und Herren getanzt und gelacht haben."

Dominik hatte die Masken in den Schaufenstern eingehend betrachtet, aber keine einzige entdecken können, die auch nur annähernd so wuchtig und scheußlich gewesen wäre wie die Maske des Wesens aus dem Kanal. Die Läden hatten vor allem Masken des Harlekins oder seiner Braut Kolumbine im Angebot. Manche waren mit grünen und roten Rauten bemalt, andere mit Goldfarbe. Die meisten hatten den gleichen etwas stumpfen, toten Ausdruck.

Bis zum Abendessen blieb ihnen noch eine knappe halbe Stunde Zeit. Axel wollte sich auf dem Bett ausstrecken und Musik hören, Lilo und Poppi hatten das dringende Bedürfnis nach frischen T-Shirts, weil sie vom Laufen völlig verschwitzt waren.

In der Jugendherberge brummte es wie in einem Bienenstock. Ständig lief jemand an den Knickerbockern vorbei, während sie eine alte Steintreppe hinauf in das zweite Stockwerk stapften, in dem sich ihre Zimmer befanden.

„Ich muss euch was erzählen", flüsterte Dominik geheimnisvoll und sah sich nach allen Seiten um. Er wollte sicher sein, dass ihnen niemand zuhören konnte.

„Später, beim Essen", vertröstete ihn Lilo.

„Nein, jetzt!", beharrte Dominik.

„So wichtig?"

„Ja!"

Axel hob die rechte Augenbraue. „Es geht um Francesca. Du hast dich verknallt, oder?"

Hätte Dominiks Blick töten können, wäre Axel auf der Stelle umgefallen. Beschwichtigend hob dieser schnell die Arme. „Ganz ruhig, ganz ruhig. Wir hören dir ja zu."

Da das Mädchenzimmer ein klein wenig größer war, trafen sich die vier Freunde dort.

Lilo und Poppi hockten auf dem unteren Bett, Axel fläzte sich auf den Hocker und Dominik stand neben dem Waschbecken. Verlegen druckste er herum, aus Angst, seine Freunde könnten ihn auslachen. Darauf hatte er wirklich keine Lust.

„Es klingt absolut verrückt", begann er. „Aber alles, was ich jetzt erzähle, ist genau so passiert."

„Spuck's endlich aus, ich schlaf sonst ein!" Axel gähnte demonstrativ.

„Ein Wesen mit einer schaurig aussehenden Maske ist aus dem Kanal gestiegen, dort, wo Francesca und der Conte wohnen!" Dominik hatte sich entschlossen, nicht mehr um den heißen Brei herumzureden. Axel richtete sich wie elektrisiert auf. Lilo musterte ihn prüfend und Poppi saß mit offenem Mund da. Nach einer Schrecksekunde fragte Axel: „Wie war das?"

Weil Dominik sich nun ihrer Aufmerksamkeit sicher sein konnte, schilderte er sein Erlebnis ausführlich. Kein einziges Mal wurde er dabei unterbrochen. Gespannt hörten ihm die anderen zu.

„Wieso hast du Francesca nichts davon erzählt?", wollte Lilo von ihm wissen, nachdem er seinen Freunden alles berichtet hatte.

„Ich vertraue ihr nicht allzu sehr", gab Dominik zurück. „Versteht ihr?"

Lilo nickte stumm.

Poppi wandte sich beunruhigt an die anderen. „Und wenn das so ein Wesen ist, das durch Strahlung entstanden ist? Darüber gab's doch neulich einen Film im Fernsehen. Ein Fisch schwamm zuerst friedlich in einem See. Dann ist er mit radioaktiv verseuchtem Wasser in Berührung gekommen und zu einem Monster geworden. Er hat sogar Menschen angegriffen. Irgendwie haben sich die menschlichen Gene mit seinen verbunden und er wurde so ein Amphibienwesen, das auch an Land gehen konnte."

Axel nickte mit gespielt ernster Miene. „Natürlich, Poppi. Und das Ungeheuer von Venedig hat sich als Erstes eine Maske gekauft und einen Umhang, damit es nicht zu sehr auffällt."

Verärgert schnitt Poppi ihm eine Grimasse.

„Poppi meint einen Mutanten", überlegte Lilo laut. „Dafür spricht die Tatsache, dass dieses Wesen offenbar mühelos unter und über Wasser leben kann."

„Es hat sich bewegt, als gäbe es eine Treppe im Kanal", erinnerte Dominik sich.

Poppi war ein anderes Detail aus Dominiks Bericht aufgefallen: „Kurz bevor das Wesen zu sehen war, wurde der Fensterladen aufgestoßen. Vielleicht hat jemand das Ungeheuer erwartet." Ihr als Tierfreundin, die daheim einen Mini-Zoo unterhielt, fiel auch gleich eine Erklärung dafür ein: „Vielleicht hat das Monster seine Nahrung abgeholt. Ob es mit etwas *Schrecklichem* gefüttert werden muss?"

„Klar, mit Mädchen wie dir!", spottete Axel.

Poppi drohte ihm mit der Faust. Lilo packte ihre Freundin schnell am Handgelenk und meinte beschwichtigend: „Lass ihn, Poppi. Er hat Hunger. Das lähmt sein Gehirn." Daraufhin fasste Poppi sich an den Kopf. „Jetzt wird mir so einiges klar. Axel hat also immer Hunger."

Sogar Dominik fing an zu lachen, während Axel die Arme schmollend vor der Brust verschränkte.

Ein ungebetener Gast

Das Abendessen fand in einem langen Saal statt, der fast das ganze Erdgeschoss der Jugendherberge einnahm. Die Schüler saßen auf harten Holzbänken unter grauen Rippengewölben und ihre Stimmen hallten von den kahlen Wänden. Dazu mischte sich das Klappern und Klirren des Bestecks und der Teller. Der Lärm war so stark, dass alle immer lauter sprechen mussten, um sich verständlich zu machen. Dadurch stieg der Lärmpegel noch mehr.

Herr Fuchs erklomm einen Hocker und klatschte in die Hände, um sich Gehör zu verschaffen. Keiner bemerkte ihn, das Geplauder und der Essenslärm gingen unverändert weiter.

„Herhören, alle mal herhören!", versuchte der Direktor, auf sich aufmerksam zu machen. Noch immer nahm ihn niemand wahr. Lilo sah nur durch Zufall, dass der Schulleiter etwas sagen wollte, weil sie sich an der Essensausgabe einen Nachschlag holte. Sie lieh sich aus der Küche zwei riesige Topfdeckel, stellte sich neben den Direktor und schlug sie schwungvoll gegeneinander. Das dröhnende Scheppern schreckte die meisten auf und veranlasste sie, in die Richtung des Direktors zu blicken.

Langsam verebbte das Gemurmel.

„Danke, Lilo!", sagte Herr Fuchs mit einem anerkennenden Nicken, dann wandte er sich an die Schüler. „Tragt heute Abend in die Hefte, die wir bei der Abreise verteilt haben, ein, was ihr den Tag über gesehen und gehört habt. Am Ende unserer Venedig-Woche möchte ich die Hefte alle sehen, um die schönsten und interessantesten zu prämieren."

„Gibt es als Preis eine Woche schulfrei?", rief auf einmal jemand aus den hinteren Reihen.

Der Direktor lächelte milde. „Danke für den Vorschlag. Aber diesen Preis kann ich nicht aussetzen. Es wird eine andere, sehr attraktive Belohnung geben." Mit diesen Worten stieg Herr Fuchs vom Hocker, blieb dabei aber mit dem Schuh hängen und wäre hingefallen, hätte er sich nicht auf Lilo stützen können. „Und noch einmal danke, Lieselotte." Er war noch sichtlich unter Schock und kreidebleich. „Es ist alles ein wenig anstrengender, als ich angenommen hatte. Ich bin halt nicht mehr der Jüngste."

„Geht's wieder?", erkundigte sich Lilo mitfühlend. Sie nahm ein Glas von der Theke und füllte es mit Wasser. Herr Fuchs leerte es dankbar in einem Zug.

„Jaja, so schnell werdet ihr euren alten Schuldirektor nicht los." Er fuhr sich mit den Fingern durch das gewellte graue Haar und zupfte den Kragen seines Hemdes zurecht.

Lilo witterte eine günstige Gelegenheit. „Herr Direktor, meine Freunde und ich, wir haben heute Nachmittag einen sehr interessanten Winkel von Venedig entdeckt. Dummerweise hat Dominiks Fotoapparat gestreikt. Dürften wir schnell noch mal hin und ein bisschen fotografieren? Ich möchte auch mehr über den Kanal, die Brücke und den Palazzo dort herausfinden."

„Ach, unsere kleinen Detektive wollen eine Sondergenehmigung!" Herr Fuchs tätschelte Lilo wie einem kleinen Mädchen den Kopf. Weil sie unbedingt die Erlaubnis für diesen späten Ausflug wollte, ließ sie es sich gefallen.

„Meinetwegen. Aber nur eine Stunde. Keine Minute länger. Ich werde in der Halle auf euch warten."

„Sie können sich auf uns verlassen!" Lilo wollte los, um den anderen die gute Nachricht zu überbringen, da bemerkte sie aus den Augenwinkeln, dass sie beobachtet wurde. Sie drehte sich um und sah ihre Klassenkameradin Iris, die sie mit zusammengekniffenen

Augen musterte. Iris gab sich nicht einmal Mühe, ihre Feindseligkeit gegenüber Lilo und dem Rest der Knickerbocker-Bande zu verbergen. Sobald Herr Fuchs außer Hörweite war, äffte sie ihn leise nach: „Ach, unsere kleinen Detektive wollen eine Sondergenehmigung!" Herablassend fügte sie hinzu: „Bestimmt habt ihr wieder einen *Fall.*" Sie schüttelte verächtlich den Kopf. „Wie kann man nur dermaßen angeben!"

Iris' gemeine Bemerkung störte Lilo. Aber sie wollte das keinesfalls zeigen und tat deshalb so, als wären ihr die Gehässigkeiten völlig gleichgültig.

„Hast du ein Problem?", fragte sie ihre Klassenkameradin herausfordernd.

Von Iris kam nur ein „Pah!" als Antwort.

„Klar, du hättest auch gerne richtig tolle Freunde, wie ich sie habe. Kann ich gut verstehen."

Iris verschränkte trotzig die Arme vor der Brust und wandte sich ab.

„Dir auch noch einen schönen Abend!" Es kostete Lilo einige Anstrengung, so ruhig und freundlich zu bleiben. Einerseits hätte sie Iris gerne die Gemeinheiten zurückgegeben, andererseits wollte sie keinen Streit mit ihr. Und darauf schien Iris es ja förmlich abgesehen zu haben.

Schnell schob Lilo den Gedanken an die unangenehme Begegnung beiseite, eilte zu Axel, Poppi und Dominik und teilte ihnen mit, dass sie für ihren kleinen Ausflug zu viert die Erlaubnis von Herrn Fuchs bekommen hatte. Um keine Sekunde zu verlieren, liefen die Freunde nach oben, um Jacken und Fotoapparate zu holen. Poppi hatte auf der Suche nach ihrer Lieblingskapuzenjacke ihre Reisetasche auf dem Bett ausgekippt und wühlte in einem riesigen Kleiderhaufen herum.

Durch das schmale Fenster fiel nur sehr wenig Licht. Da der Flur hell erleuchtet war, hatte sie im Zimmer keine Lampe angeknipst. Deshalb übersah sie zuerst auch die gekrümmte Gestalt unter der braunen Bettdecke. Doch als Poppis Blick auf ein Paar Schuhe fiel, riss sie erschrocken die Hände zurück, als hätte sie auf eine glühende Herdplatte gefasst.

Draußen auf dem Gang wartete Lilo schon ungeduldig.

„Komm endlich!", rief sie drängend.

„Da liegt jemand!", hauchte Poppi. Rückwärts gehend bewegte sie sich auf die Tür zu.

„Was?" Lilo verstand nicht, was ihre Freundin meinte. Stumm deutete Poppi auf einen Sportschuh, der einmal weiß gewesen war, jetzt aber braune Flecken hatte und unter der Decke hervorlugte. Schnell knipste Lilo das Licht an und erkannte sofort, wer es sich im Bett bequem gemacht hatte. Schnell schubste Lilo Poppi ins Zimmer und schloss die Tür.

„Bitte, was soll denn das?", rief sie mit gesenkter

Stimme in Richtung Kopfkissen. Erst jetzt sah auch Poppi dort ein Büschel rotblonder Haare, das seine Besitzerin verriet.

Mit einem lauten Gähnen tauchte Francescas freches Gesicht auf. Sie hatte den Mund weit aufgerissen, richtete sich ächzend auf und streckte sich. Samt Kleid und Schuhen hatte sie sich in das Bett gelegt, während Lilo und Poppi beim Abendessen gesessen hatten.

„Oben wird's eng für euch beide, was?“

„Du kannst hier nicht bleiben. Wenn dich einer der Lehrer entdeckt, bekommen wir Ärger, und darauf können wir verzichten.“ Lilo verschränkte die Arme vor der Brust, um zu zeigen, wie unerwünscht Francesca hier war.

„Eine Freundin wie dich habe ich mir schon immer gewünscht“, spottete das Mädchen. „Hilfsbereit, sie geht mit mir durch dick und dünn – eine echte Freundin eben.“

„Aber Lilo hat Recht“, kam Poppi der Knickerbockerin zu Hilfe. „Außerdem suchen dich deine Eltern bestimmt schon.“

„Pah!“ Francesca schnaubte voller Verachtung. „Die und mich suchen? Sie sind froh, wenn sie mich nicht sehen und hören.“

Von draußen wurde an die Tür des Mädchenzimmers geklopft. Von der Stunde, die Direktor Fuchs gewährt hatte, waren nur noch sechsundfünfzig Minu-

ten übrig. Für lange Diskussionen mit Francesca blieb ihnen keine Zeit. Trotzdem wollte Lilo sie unter keinen Umständen einfach so in ihrem Zimmer zurücklassen. Da sie aber keine Anstalten machte, sich zu erheben, entschied Lilo, dass Poppi bei dem Mädchen bleiben sollte.

„Als Aufpasserin, was?“ Francesca grinste spöttisch. Lilo tat so, als hätte sie die Bemerkung nicht gehört, flüsterte Poppi noch zu, notfalls einen Lehrer zu holen, und lief dann los.

Francesca zog die Knie zum Kinn und lehnte sich, auf dem Kopfkissen sitzend, an die Wand. Unsicher, was sie tun sollte, blieb Poppi an der Tür stehen.

„Ich mag Lilo sehr. Sie ist die beste Freundin, die man sich wünschen kann“, verteidigte sie das Superhirn der Knickerbocker-Bande.

Wieder gähnte Francesca herzhaft. „Jaja“, sagte sie gelangweilt. „Sicher. Bestimmt malt ihr euch gegenseitig Herzchen in die Schulhefte.“

Poppi holte tief Luft. „Nein, aber wir haben gemeinsam schon einige Kriminalfälle gelöst.“

„Ach was, Kriminalfälle!“ Doch diesmal tat Francesca nur so, als würde sie gähnen. Sie glaubte Poppi wohl kein Wort.

Poppi schwieg beleidigt. Nach einer Weile fragte sie herausfordernd: „Wie viele Freunde oder Freundinnen hast du denn so?“

Wieder kam nur ein verächtliches Schnauben von Francesca. „Finde du mal Freunde, wenn du ständig umziehst. Seit meiner Geburt haben wir auf vier Kontinenten, also in insgesamt zwölf Ländern, gewohnt.“

Jetzt war Poppi klar, warum Francesca fließend Deutsch sprach.

„Was sind deine Eltern von Beruf?“, forschte sie weiter.

„Mein Erzeuger ist ein hohes Tier in einer Computerfirma. Meine Erzeugerin himmelt ihn an und ist immer an seiner Seite. Ich glaube, sie folgt ihm sogar, wenn er aufs Klo geht. Den beiden bin ich völlig egal, das kannst du mir glauben.“

Nein, so ganz konnte Poppi sich das nicht vorstellen. Wahrscheinlich machte es Francesca ihren Eltern auch nicht gerade einfach, sie zu mögen.

„Jedenfalls haben die beiden beschlossen, mich eine Weile bei meiner Großmutter zwischenzulagern. Ich darf sie aber nur Donatella nennen, weil sie sich sonst zu alt vorkommt.“

„Und der Conte ist ihr Vater“, kombinierte Poppi.

„Ja, richtig“, bestätigte Francesca. „Ein alter Nussknacker. ‚Sei hart und stark‘ – das ist sein Motto. Seinen Schwiegersohn, also meinen Großvater, hat er völlig fertiggemacht. Ich glaube, mein Erzeuger hat nur deshalb diesen doofen Job, bei dem er ständig in eine andere Stadt versetzt wird, um möglichst weit vom Conte weg zu sein.“

Poppi hatte auf einmal Hunger nach etwas Süßem. Sie kramte eine Rolle Kekse aus ihrer Tasche und bot Francesca einen an. Hungrig nahm diese gleich mehrere und bröselte ungeniert das Bett voll. Nachdem sie sich auf den Hocker gesetzt hatte, sagte Poppi: „Ist er denn so streng, der Conte? Magst du ihn deshalb nicht?"

„Streng?" Francesca schnaubte durch die Nase. „Der ist lebendig gewordener Stein. Alles dreht sich nur um den guten Namen der Familie, den Stammbaum und das Ansehen. Zwei seiner Vorfahren waren Dogen, also die höchsten Männer von Venedig. Das ist Hunderte von Jahren her, doch der Conte tut so, als wäre es gestern gewesen." Sie streckte Poppi ihre offene Hand entgegen, um zu zeigen, dass sie noch mehr Kekse wollte. „Mich hat er auch versucht zu erziehen. Mit einem Rohrstock wollte er mich verprügeln. Da habe ich so laut zu brüllen begonnen, dass er Angst bekommen hat. Die Fenster standen offen und die Nachbarn sind doch so nahe. Der Conte wollte mit mir kein Aufsehen erregen und hat mich deshalb verschont."

Poppi empfand Mitleid mit Francesca. Einfach hatte sie es nicht und wirklich daheim fühlte sie sich wohl auch nirgendwo. Es schien eine günstige Gelegenheit zu sein, dem Mädchen eine Frage zu stellen, deren Antwort die Knickerbocker-Bande sehr interessierte. „Wer sind denn eure Nachbarn? Wer wohnt zum Beispiel auf der anderen Seite der Gartenmauer, über die du geklettert bist?"

„Ach, die Rosso. Das ist eine verrückte Alte. Sieht aus wie eine lebendige Porzellanpuppe mit rosa Kleidchen, weiß gepudertem Gesicht und Kussmündchen." Francesca spitzte die Lippen und klimperte mit den Augen. „Sie muss an die hundert Jahre alt sein, tut aber so, als wäre sie zwanzig."

„Aha!", sagte Poppi und prägte sich alles ein, was sie erfahren hatte.

Hellhörig geworden fragte Francesca: „Wieso interessiert dich die alte Rosso?"

„Weil du doch gerade von einer Nachbarin gesprochen hast." Schnell hielt Poppi ihr die Packung mit dem letzten Keks hin. Francescas Hunger war größer als ihr Misstrauen und sie griff gierig zu.

NOCH MEHR MASKENSPUK

Im schwarzen Wasser des Kanals spiegelte sich der Schein einer Straßenlaterne. Ein Windstoß kräuselte die Oberfläche der Lagune und ließ das Licht wie eine Handvoll Sternenstaub tanzen.

Auf der Bogenbrücke standen Lilo, Axel und Dominik und blickten hinunter zu der Stelle, an der am Nachmittag das Maskenwesen aufgetaucht war.

„Ob es da tatsächlich eine Treppe gibt, finden wir nur heraus, wenn einer von uns ins Wasser steigt", meinte Axel.

„Tu dir keinen Zwang an", sagte Lilo grinsend. Axel schüttelte angewidert den Kopf. „In die Drecksbrühe tauche ich nicht mal für tausend Euro."

Im Garten hinter der schiefen Mauer flackerte ein Licht. Es musste sich um eine Fackel oder Öllampe handeln.

„Und jetzt?“ Axel sah Lilo fragend an. Obwohl diese oft das Superhirn der Bande genannt wurde und klare Überlegungen ihre Stärke waren, kaute sie im Augenblick nur ratlos auf ihrer Unterlippe herum. Immer wieder stellte sie sich dieselben Fragen: Wie kam es, dass ein bekleidetes Wesen mit einer, wie Dominik es beschrieb, „schaurig aussehenden Maske“ aus dem Lagunenwasser stieg und dorthin wieder verschwand? Gab es wirklich eine Treppe im Kanal? Falls es so war, wer hatte sie dort gebaut und wie konnte das Maskenwesen hingelangen? So viele Unklarheiten, die sie gedanklich beschäftigten. Lilo mochte dieses Gefühl der Unwissenheit und Ratlosigkeit überhaupt nicht.

Der Abendwind war kühl. Dominik fröstelte und zog seine Jacke fester zu. Seine Hände vergrub er tief in den Taschen.

Schritte hallten durch die enge Gasse, die zur Brücke führte, und näherten sich langsam. Axel drehte den Kopf zur Seite, um zu sehen, wer der Fußgänger war. Das Gässchen war nur spärlich beleuchtet, und erst als der Spaziergänger in das trübe Licht einer Straßenlaterne trat, konnte Axel mehr erkennen.

Es war ein Mann, da war er sich sicher. Die breite Krempe eines dunkelbraunen Hutes verdeckte den Großteil seines Gesichtes. Langes, gewelltes Haar hing ihm bis auf die Schultern. Zu einem ausgebeulten grünen Samtsakko trug er eine Hose mit breiten grauen und schwarzen Streifen. Mit der linken Hand stützte er sich auf einen Gehstock.

Axel spürte, dass der Mann ihn musterte, obwohl er dessen Augen unter der breiten Hutkrempe gar nicht sehen konnte. Mit einem gezischten „Ssst, schaut mal“ machte er Dominik und Lilo auf den Mann aufmerksam.

Langsam kam er auf die drei zu, das Gesicht noch immer unter dem Hut verborgen. Am Fuße der Brücke blieb er stehen und redete die Knickerbocker auf Italienisch an.

„Italienisch sprechen wir leider nicht sehr gut“, antwortete Dominik in gebrochenem Italienisch.

„Ah, junge Besucher des Juwels Venedig“, fuhr der Mann sofort auf Deutsch fort, allerdings mit sehr starkem italienischen Akzent. „Es ist ziemlich spät. Solltet ihr nicht bei euren Eltern sein? Venedig zeigt um diese Tageszeit seine dunklen Geheimnisse, mit denen ihr besser keine Bekanntschaft macht.“

„Wir dürfen hier sein“, erwiderte Lilo ruhig.

„Ihr solltet aber nicht hier sein“, entgegnete der Mann. Seine Stimme war tief und rau. „Hier sind in letzter Zeit schlimme Dinge vorgefallen. Ihr geht jetzt besser. Oder soll ich die Carabinieri holen?“ Damit meinte er die Polizei. Seine Stimme hatte etwas Scharfes, sehr Bestimmtes.

Lilo zögerte, gab den anderen dann ein Zeichen, ihr zu folgen. Sie ging weiter in die Richtung, aus der sie gekommen waren, um die einige Meter entfernte Seitengasse zu erreichen, die zum Eingang des Palazzo führte, in dem Francesca und der Conte wohnten.

Kaum war sie mit ihren Freunden um die Ecke gebogen, begann sie, auf der Stelle zu treten und so zu tun, als entfernte sie sich. Dominik und Axel machten es ihr nach. Sie traten zuerst fest auf, dann immer leichter. Schließlich standen alle drei auf den Zehenspitzen und es hörte sich an, als wären sie schon viel weiter weg.

Lilo wagte sich als Erste an die Hausecke, presste sich mit dem Rücken und den Armen dagegen und spähte zurück zur Brücke.

Der Unbekannte mit dem Hut stand dort, wo sie vorhin in den Kanal geblickt hatten. Er hatte den Kopf gehoben, um besser in die Ferne sehen zu können. Die Hutkrempe aber warf einen breiten Schatten auf sein Gesicht. So viel konnte Lilo feststellen: Er trug keine Maske. An seiner Haltung und seiner Anspannung war abzulesen, dass er auf etwas wartete.

Axel huschte an der glatten Mauer des Palazzos entlang, dann an zwei weiteren Häusern vorbei, bis er zur nächsten Quergasse gelangte. Sie führte ebenfalls zu einer Brücke. Es schien fast, als würde der Mann diese zweite Kanalbrücke beobachten.

Ein leiser Pfiff schallte zu Lilo und Dominik herüber. Hektisch winkte Axel ihnen zu, sie sollten schnell kommen. Damit alle drei um die Hausecke spähen konnten, musste Lilo sich auf die Zehenspitzen stellen und Dominik in die Knie gehen. Sechs Augen blickten zu der schmucklosen Brücke mit den zwei Backsteinmauern, die Fußgänger vor dem Sturz in den Kanal bewahrten.

Plötzlich zog Dominik den Kopf zurück, Axel schnappte entsetzt nach Luft und Lilo zwang sich, keinen Ton von sich zu geben. Alle drei waren über die Fratze erschrocken, die vor ihnen auf der Brücke aufgetaucht war und einen hässlichen Kontrast zum Ziegelrot der Backsteinmauer bildete. Der Träger war in einen bodenlangen dunklen Mantel gehüllt und hatte eine breite Kapuze über den Kopf gezogen, die sein Haar verdeckte.

Die Fratze, die zu ihnen glotzte, war an Scheußlichkeit kaum zu überbieten. Geformt wie ein Totenkopf mit tiefen dunkelgrauen Augenhöhlen, bewegte sie sich langsam über die Brücke.

Das Hässlichste an der Maske waren die Nasen. Es waren drei, die über einen – zum Schrei verzerrten – Mund ragten. Eine war krumm nach unten gebogen, eine verdreht wie eine Spirale und die dritte war eine zerklüftete blutunterlaufene und mit dunklen Warzen besetzte Knolle.

Auf dem höchsten Punkt der Brücke angekommen, verharrte die Gestalt. Langsam drehte sie sich um, bis das Maskengesicht dem Mann mit Hut zugewandt war. Kein einziger Laut war zu hören. Dominik hatte sich wieder vorgewagt und verfolgte, genau wie seine beiden Freunde, mit angehaltenem Atem das unheimliche Schauspiel.

Axel zog sich zurück und lief mit großen Schritten zum anderen Ende des Häuserblocks, von wo aus er den Mann mit dem Schlapphut sehen konnte. Der stand noch immer da und sah aus, als wäre er zu einem Denkmal erstarrt. Was auf der zweiten Brücke passierte, schien ihn weder zu erstaunen, noch zu überraschen oder gar zu erschrecken. Axel beobachtete ein leichtes, verstehendes Nicken, bevor sich der Mann abwandte und denselben Weg zurückging, den er gekommen war.

Das bedeutete, er würde nicht an der Gasse vorbeikommen, in der die Knickerbocker sich versteckten. Axel hielt Ausschau nach seinen Freunden, die bereits auf dem Weg zu ihm waren. Geduckt standen sie unter einem Fenster des Palazzos und Lilo berichtete, was sich noch getan hatte: „Die Maskengestalt ist wieder gegangen." Sie deutete mit der Hand in die Richtung, die der Unbekannte eingeschlagen hatte. Das erstaunte Axel nicht weiter, doch Lilo war mit ihrem Bericht noch nicht fertig. „Sie ist in das Haus gegangen, das gleich hinter der Brücke liegt. Wer auch immer das ist, er muss dort wohnen, weil er einen Schlüssel für die Haustür hatte."

Vom Turm einer der vielen Kirchen, die es in Venedig gab, tönten dumpfe Glockenschläge. Dominik zählte mit, weil er das immer tat. Er verglich die Zeit, die die Turmuhr schlug, mit der Anzeige seiner Armbanduhr. „Entweder ist diese Uhr ungenau oder meine. Wir müssen auf jeden Fall zurück."

Lilo und Axel nickten, schlugen aber den Weg zur zweiten Brücke ein und liefen bis zu der Stelle, an der das Maskenphantom gestanden hatte. Von dort gelangten sie zu der Haustür, durch die es verschwunden war. Das Holz war verwittert und die Farbe an vielen Stellen abgeblättert. Eine Klinke gab es nicht, nur ein sehr großes Schlüsselloch. Es war auch kein Namensschild zu sehen. Als Klingel diente ein Glockenzug aus Metall, der aus der Mauer ragte.

Sie beschlossen, am nächsten Tag wieder herzukommen und mehr über den Bewohner des Hauses in Erfahrung zu bringen. Lilo kam der Gedanke, dass Francescas Auftauchen in der Jugendherberge recht hilfreich sein könnte.

Zwei geheimnisvolle Wesen, Phantome, beide mit entsetzlichen Masken und jedes Mal von jemandem beobachtet – was hatte das zu bedeuten?

RACHE IST ZITRONENLIMONADE

„Zehn Minuten zu spät!“, tönte es Axel, Lilo und Dominik entgegen, als sie in die Halle der *Loconda Minerva* stürmten. Sie wurden nicht vom Schuldirektor erwartet, sondern von Iris, die vorwurfsvoll mit dem Finger auf ihre Armbanduhr klopfte.

„Reg dich ab, Essigtrinkerin!“, knurrte Axel und ging an ihr vorbei.

„Ich melde es Herrn Fuchs!“, drohte sie.

„Wir kommen am besten gleich mit!“, bot Lilo an. „Unsere kleine Entdeckungstour war nämlich ganz schön erfolgreich. Wir haben viele Sachen über Venedig erfahren, die ihn bestimmt sehr interessieren. Darauf kannst du wetten!“

Zornig funkelte Iris sie an.

Dominik spielte bei Lilos Täuschungsmanöver meisterhaft mit. „Bestimmt gibt er uns die Erlaubnis, erneut loszuziehen und noch mehr über die Stadt herauszufinden. Das macht richtig Spaß."

„Lilo gewinnt mit ihrem Notizheft bestimmt den Wettbewerb!", meinte Axel.

Mittlerweile hatte Iris vor Wut rote Flecken am Hals bekommen und ihre Lippen waren nur noch ein sehr dünner Strich. Herausfordernd sah Lilo sie an: „Was ist, gehen wir jetzt zu Herrn Fuchs oder hast du es dir anders überlegt?"

Nachdem sie Lilo einen bitterbösen Blick zugeschleudert hatte, der nichts Gutes verhieß, drehte sie sich energisch um und stapfte davon. Die drei Knickerbocker-Freunde grinsten einander triumphierend an. Immer zwei Stufen auf einmal nehmend stürmten sie in den zweiten Stock zu Poppi.

Sie waren überzeugt, Iris für diesen Abend endgültig vertrieben zu haben. Doch sie täuschten sich. Die Wut ihrer Klassenkameradin war so groß, dass sie nur noch an eines denken konnte: Rache!

Als Axel die Tür des Mädchenzimmers aufstieß, fuhr Poppi vom Hocker hoch. Schützend stellte sie sich vor das untere Stockbett, um die schlafende Francesca zu verbergen. Erleichtert atmete sie auf, als sie Axel sah.

„Und?", fragte sie sogleich sehr leise, denn sie platzte fast vor Neugier.

„Hinüber in unser Zimmer", flüsterte Axel zurück.

Bevor Poppi auf den Gang hinaustrat, zupfte sie die Decke über Francescas Gesicht. Das Mädchen zuckte mit der Nase und gab einen unwilligen Laut von sich, erwachte aber nicht.

Wie Ölsardinen in der Dose fühlten sich die vier Knickerbocker im Jungenzimmer. Poppi und Dominik hockten auf dem oberen Bett, Lilo und Axel standen davor, den Rücken an die Mauer gepresst. Gespannt hörte Poppi zu, was die anderen alles zu berichten hatten. Danach erzählte sie von Francescas Familie und der Nachbarin in den rosafarbenen Kleidern.

„Was tun wir mit ihr?“, wollte Dominik von Lilo wissen.

„Mit der Nachbarin? Die besuchen wir morgen.“ Sie setzte ein argloses Gesicht auf und flötete mit gespielter Ahnungslosigkeit: „Auf Englisch, notfalls auch mit Händen und Füßen, können wir ihr sicher verständlich machen, dass wir mit unserer Schulklasse hier sind und mit echten Bewohnern von Venedig sprechen sollen. ‚Bitte, dürfen wir Ihnen ein paar Fragen stellen? Wenn Sie es nicht erlauben, wird uns unser Lehrer verhauen.‘“

„Nicht übel“, bemerkte Dominik trocken. „Ein bisschen übertrieben vielleicht, aber du hast Talent für die Schauspielerei.“ Aus seinem Mund war das ein großes Kompliment. „Gemeint habe ich aber Francesca. Wir können sie doch nicht aus der Herberge tragen und auf die Straße legen."

Lilo gab ihm Recht. Es blieb ihnen nichts anderes übrig, als sie bei sich übernachten zu lassen. Dominik, der keinem fremden Bett traute, hatte eine dünne, aber sehr bequeme Luftmatratze im Gepäck, die mit einer Pressluftpatrone in Sekundenschnelle aufgepumpt werden konnte. Auf dieser Matratze würde Lilo schlafen.

Die Nacht wurde wie die vorangegangene: heiß, stickig und unangenehm. Durch die schmale Luke kam kaum frische Luft. Poppi und Lilo wälzten sich unruhig herum, nur Francesca schien die Hitze nichts auszumachen.

Trotz des leichten Schlafes bemerkten die Mädchen nicht, dass die Tür zu ihrem Zimmer eine Handbreit geöffnet wurde. Suchend wanderten Augen über die Betten und bis zum Boden, wo Lilo sich ausgestreckt hatte. Der Blick ging zurück auf das untere Bett, die Tür wurde etwas mehr geöffnet, damit das dämmrige Nachtlicht vom Flur weiter in den Raum fallen konnte. Dann schloss sich die Tür schnell wieder. Der nächtliche Besucher hatte genug gesehen.

Am Morgen wurden Lilo und Poppi von sehr heftigem Räuspern geweckt. Poppi hatte Mühe, die Augen zu öffnen. Erst nachdem sie sie kräftig gerieben und sich gestreckt hatte, spürte sie ihre Lebensgeister langsam wieder zurückkehren.

Das Räuspern wurde lauter und energischer.

„Hallo? Wer ist da?“, kam es müde von unten, wo Lilo noch ganz benommen versuchte, sich aufzurichten, um zu sehen, wer im Zimmer stand.

Francesca war die Einzige, die ausgeruht schien. Laut gähnend schlug sie die Bettdecke zurück und schwang die Beine über die Kante.

„Guten Morgen!“, grüßte Herr Fuchs. Der Unterton verhieß nichts Gutes. Poppi und Lilo schnellten in die Höhe, aber es war längst zu spät. Der Schuldirektor hatte das fremde Mädchen schon entdeckt und musterte es prüfend. Hinter ihm tauchte im Türrahmen Iris' helles Gesicht auf. Triumphierend grinste sie. Ein kleiner Blick in der Nacht hatte genügt, um herauszufinden, wie die Knickerbocker-Bande ihren guten Ruf beim Schulleiter schnell wieder einbüßen konnte. Iris hatte Herrn Fuchs zeitig am Morgen gesteckt, dass Lilo und Poppi ein Mädchen bei sich untergebracht hatten.

Francesca sprang aus dem Bett und wollte an Herrn Fuchs vorbei aus dem Zimmer schlüpfen. Der Direktor war aber schneller, packte sie am Handgelenk und sagte sehr eindringlich: „Hiergeblieben! Wir haben noch einiges zu besprechen.“

Lilos Mutter hatte für solche Fälle einen treffenden

Rat: „Wenn dir das Leben eine Zitrone gibt, mach Limonade draus."

Durch Iris' Petzerei hatte die Knickerbocker-Bande eine ziemlich saure Zitrone bekommen. Herr Fuchs würde viele Erklärungen verlangen und bestimmt gab es auch eine Strafarbeit, zumindest für Lilo und Poppi. Trotzdem witterte Lilo die Möglichkeit, aus der Zitrone eine ganz köstliche Limonade zuzubereiten. Francesca musste allerdings mitspielen.

Der Direktor wartete vor dem Zimmer der Mädchen, bis sie sich angezogen hatten, und nahm sie anschließend persönlich mit in den Speisesaal, wo das Gespräch stattfinden sollte.

Während sie in Jeans und T-Shirt schlüpften, erklärte Lilo Francesca leise ihren Plan.

„Nein, da mache ich nicht mit!" protestierte Francesca empört.

Lilo ließ nicht locker. „Wenn du nicht mitmachst, wirst auch du ganz schön Ärger bekommen. Und der Conte wird bestimmt nicht zimperlich sein. Ist dir das lieber?"

„Nein!" Das zweite Nein war noch viel energischer als das erste.

„Eben, dann tu, was ich dir gesagt habe." Lilo bückte sich und band die Schnürsenkel ihrer Sportschuhe. Sie konnte förmlich sehen, wie angestrengt Francesca überlegte.

Im Speisesaal bedeutete der Direktor den Mädchen, auf der anderen Seite eines der langen Tische Platz zu nehmen, und setzte sich ihnen gegenüber. Es folgte ein kurzer Vortrag darüber, wie enttäuscht er von den Knickerbocker-Mädchen sei und wie ihnen denn einfallen konnte, jemanden in die Herberge zu bringen und bei sich schlafen zu lassen. Danach wandte er sich Francesca zu. Er hatte eine ganze Liste von Fragen, die sie geduldig über sich ergehen ließ.

Als Herr Fuchs endlich fertig war, tat sie, als wäre sie schrecklich bedrückt und beteuerte: „Die beiden sind völlig unschuldig. Sie wollten nicht, dass ich bleibe. Aber ich habe mich einfach nicht aus ihrem Zimmer bewegt. Es war so dumm, von zu Hause wegzulaufen, und ich gehe auf der Stelle dorthin zurück. Das verspreche ich Ihnen, großes Ehrenwort."

Francesca hob feierlich die linke Hand und legte die rechte aufs Herz. „Aber bitte, dürfen meine neuen Freunde mitkommen? Wenn sie dabei sind, dann schlägt mich mein Urgroßvater bestimmt nicht. Er kann sonst sehr grausam und gemein sein. Doch wenn Touristen in der Nähe sind, spielt er aber immer den feinen Grafen, weil er doch zwei Hotels besitzt und keinen Skandal möchte. Bitte, sagen Sie Ja!"

Francescas Flehen hatte Erfolg. Herr Fuchs war einverstanden und trug der Bande auf, bei dem Urgroßvater des Mädchens ein gutes Wort für sie einzulegen.

Sollten sie auf Probleme stoßen, würde er gegebenenfalls persönlich vorstellig werden.

Für Lilo war der Beweis damit erbracht: Die Zitrone war zur feinsten Limonade geworden. Den ganzen Vormittag hatte ihnen Herr Fuchs freigegeben. Sobald die vier Knickerbocker von Francescas Zuhause aufbrachen, sollten sie ihn auf seinem Handy anrufen und einen Treffpunkt vereinbaren. Mit den anderen Schülern plante er einen Rundgang durch Kirchen und Museen, der sich nicht besonders spannend anhörte.

Beim Verlassen der Jugendherberge drehte sich Axel lässig zu Iris um, die auf der Treppe stand und ihnen wütend nachstarrte. „Schönen Tag noch", wünschte er mit einem Grinsen, das von einem Ohr zum anderen reichte.

Erpressung aus der Vergangenheit

Francescas flapsige Art war verflogen, als sie vor dem Palazzo standen. In der Nacht war er Lilo nur grau erschienen, bei Tag aber zeigte er sich von seiner prächtigen Seite: Die Mauern hatten einen rosafarbenen Verputz, die Fenster und Türen und der Dachfirst waren mit hellen Platten und kunstvoll gehauenen Ornamenten aus Stein eingefasst.

Dominik fielen die Fenster im untersten Geschoss auf. Gitter aus fingerdicken Eisenstangen machten Einbrechern das Einsteigen unmöglich. Einen Blick in die Räume des Palazzos zu werfen, wurde von Fensterbildern aus gefärbten Glasstücken verhindert.

Die blütenweiß gestrichene Eingangstür war von zwei Säulen flankiert, die ein steinernes Vordach trugen. Francesca musste nicht einmal klingeln, weil die Tür von allein geöffnet wurde. Axel staunte über die

Dicke des Materials. Die Tür war massiv, als würde sie einen Tresor verschließen.

Eine schlanke Frau mit schulterlangem grauem Haar kam aus dem Palazzo und blieb einen Meter vor Francesca stehen. Sie musterte sie von Kopf bis Fuß, verschränkte die Hände vor der Brust und atmete tief und erleichtert durch. Keiner von beiden sprach ein Wort.

An jedem Finger hatte die Frau einen Ring stecken. Sie waren aus Silber und mit großen Edelsteinen bestückt. Eine Hand legte sich auf Francescas Schulter und lenkte sie ins Haus hinein.

„Das sind meine neuen Freunde, Donatella!", erklärte Francesca. Sie entwand sich dem Griff der Großmutter und deutete auf die vier Knickerbocker. „Bei ihnen habe ich übernachten dürfen."

Donatella nickte der Bande kurz zu, ohne dabei zu lächeln. Damit war die Begegnung für sie beendet und sie wollte mit Francesca endgültig hinter der Tür verschwinden. Dazu aber ließ Lilo es nicht kommen. Laut sagte sie: „Du hast unser Zimmer gesehen, jetzt wollen wir aber auch dein Zimmer sehen. Das hast du versprochen."

Lilos Ziel war es, in den Palazzo eingelassen zu werden. Sie hoffte, mehr über den rätselhaften Brief aus der Vergangenheit zu erfahren und vielleicht auch Informationen über die seltsamen Masken zu erhalten.

„Stimmt, das habe ich versprochen!", bestätigte Francesca. Sie wandte sich an Donatella. „Meine neuen Freunde kommen mit."

„Das ist gerade ungünstig", sagte ihre Großmutter schnell und mit leiser Stimme.

„Aber du bestehst doch immer darauf, dass wir unsere Versprechen auch halten!"

Francesca redete absichtlich laut und auf Deutsch, damit die Bande alles verstand und ihre Großmutter nicht so einfach Ausflüchte finden konnte.

Auf einmal schien Axel an dem Besuch im Palazzo nicht mehr interessiert zu sein. „Ich warte hier draußen. Dominik auch."

„Nein!", protestierte sein Freund, erhielt dafür aber einen energischen Ellbogenstoß, der ihn umstimmte.

„Aber nur zehn Minuten", gab sich Donatella geschlagen.

Axel raunte Lilo zu: „Wir sehen uns den Kanal an. Bis gleich!" Sie streckte den Daumen in die Höhe und nickte kurz.

Die Morgenluft war angenehm kühl gewesen. Die Temperatur im Palazzo hingegen war eisig. Obwohl Lilo und Poppi Sweaterjacken trugen, bekamen beide eine Gänsehaut. Sie befanden sich in einer breiten, düsteren Halle. Auf den alten, teils zersprungenen, teils abgesunkenen Steinfliesen lagen blasse, verschwommene Bilder. Was sie darstellen sollten, war nicht auszumachen. Die Bilder entstanden durch das Licht der Vormittagssonne, das durch mosaikartige Fenster fiel.

An den Wänden der Halle standen Säulen, die ein Gewölbe aus spitzen Rippenbogen trugen. Durch eine offene Tür kam die Stimme des Conte. In einem scharfem Tonfall stellte er eine Frage. Donatella rief etwas, was ausweichend klang, und scheuchte die drei Mädchen auf eine steile Treppe zu, die nach oben führte. Francesca, Poppi und Lilo stiegen ein paar Stufen hinauf, blieben dann aber stehen. Deutlich konnten sie das Gespräch zwischen Donatella und dem Conte hören. Es wurde auf Italienisch geführt und Francesca verfolgte es mit einigem Erstaunen.

„Worüber reden sie?", erkundigte sich Lilo leise.

Francesca schüttelte abwehrend den Kopf und bedeutete Lilo mit einer energischen Geste, still zu sein. Poppi hatte den Eindruck, Francesca wurde mit jedem Satz, der gesprochen wurde, wütender. Schließlich zupfte sie Lilo und Poppi am Ärmel und führte sie durch das kahle Treppenhaus in den zweiten Stock. Ihr Zimmer war groß, die Möbel aus weiß gebeiztem Holz mit vergoldeten Schnitzereien. Die Einrichtung hätte viel besser zu einer Prinzessin als zur wilden Francesca gepasst.

Nachdem das Mädchen die Tür energisch zugedrückt hatte, machte sie ihrem Ärger Luft. „Dieser alte

Nussknacker! Er geht mir wirklich schwer auf den Geist. Jetzt verlangt er, dass ich in ein Internat gesteckt werde. Am besten weit weg von hier. Er sagt, er müsse so schon genug Unheil von der Familie abwehren, und er habe keine Lust mitanzusehen, wie ich den edlen Familiennamen beschmutze."

„Unheil abwehren?“, wiederholte Lilo nachdenklich. „Familiennamen beschmutzen? Weißt du, was er damit meint?“

„Ach, ist mir egal. Der alte Spinner faselt den ganzen Tag nur hochgestochenen Quatsch.“

„Kann es mit dem Brief zu tun haben? Diesem Schreiben, das er von dem Notar bekommen hat?“, hakte Lilo nach.

„Ist doch unwichtig.“

War es das wirklich?

Lilo trat an eines der drei Fenster. Sie sah hinunter in den winzigen Garten. Bäume drängten sich an die Mauern, in Holzeimern blühten bunte Blumen, die daheim erst in ein paar Monaten ihre volle Pracht zeigen würden.

Von Francescas Zimmer aus hatte sie einen guten Blick auf beide Brücken. Schräg gegenüber befand sich das Fenster, von dem aus die erste Maske beim Auftauchen aus dem Wasser beobachtet worden war. Lilo erspähte Axel, der auf einem Mauervorsprung über dem Wasser stand und mit einer langen Stange im Kanal stocherte. Er suchte gewiss nach der Treppe, über die das Maskenwesen hätte hochsteigen können. Seine Bewegungen waren energisch und ungeduldig. Er sah nicht aus, als hätte er schon etwas gefunden.

„Kennst du die Dame von gegenüber näher?“, wollte Lilo wissen.

„Manchmal winkt sie mir zu oder schickt Kusshändchen. Das finde ich total dämlich." Francesca warf sich auf ihr breites Bett. Von der Decke fielen zwei Bahnen Tüll herab und bildeten ein Dach über dem Kopfende.

Donatella streckte den Kopf ins Zimmer und bedeutete Francesca, heraus auf den Flur zu kommen. Lilo und Poppi bekamen mit, wie die Großmutter leise, aber sehr aufgebracht auf Francesca einredete. Als das Mädchen zurückkehrte, schnitt sie eine Grimasse, als hätte sie gerade etwas besonders Komisches gehört.

„Der Conte ist so aufgebracht, weil er erpresst wird. Dieser uralte Brief ist ein Erpresserbrief."

Das verstand Lilo nicht. „Womit kann der Conte nach mehr als zweihundert Jahren noch erpresst werden? Das hat doch alles längst nichts mehr mit ihm zu tun. Was auch immer damals geschehen ist, muss schon lange vergessen und verjährt sein."

Francesca zuckte mit den Schultern. „Was weiß ich. Er ist völlig von der Rolle. Sogar der Arzt hat schon kommen müssen, weil sein Blutdruck wegen der Aufregung viel zu hoch war. Außerdem hat er sich beim Zusammenstoß mit Axel ein paar blaue Flecken geholt, die ihm jetzt zu schaffen machen."

„Erpressung", wiederholte Lilo halblaut. Sie dachte angestrengt nach, was damit gemeint sein konnte.

Wer auch immer den Brief hinterlegt hatte, musste etwas wissen, womit er den alten Grafen unter Druck setzen konnte. Natürlich war der Erpresser schon lange tot, aber er schien seine Macht vererbt zu haben.

Doch an wen? Und was genau war im Besitz des Unbekannten, das die Familie des Conte nach zweihundert Jahren noch immer bedrohen konnte?

Die Maskenwesen fielen Lilo ein. Masken gehörten zu einem uralten Brauch in Venedig, wie Herr Fuchs erzählt hatte. Zur Karnevalszeit wären sie nicht weiter aufgefallen, jetzt im Mai aber schon. Die Art, wie die Maskenträger sich verhielten, hatte etwas zu bedeuten. Es war, als könnten sie sich wortlos verständigen.

Lilo kam die Redewendung „Ein Blick genügt" in den Sinn. Allerdings musste es in diesem Fall heißen: „Meine Maske verrät dir, was ich sagen will." Wozu führten Leute diese grässlichen Masken vor? Und wieso interessierten sich andere dafür?

Vom Treppenhaus drang eine aufgeregte, bellende Stimme herauf. Ein harter Gegenstand wurde immer wieder auf Stein geschlagen. Francesca schnellte vom Bett hoch und starrte mit angsterfüllten Augen auf die Zimmerür.

„Der Conte, er kommt zu mir. Ihr kriegt gleich großen Ärger!"

Lilos Blick schweifte wie ein Radarstrahl durch den Raum und über die Möbel. „Poppi, unter das Bett."

Poppi reagierte sofort, warf sich flach auf den Boden und verschwand in dem schmalen Spalt zwischen Matratze und Teppich. Francesca war erstaunt. Lilos Ziel war der Schrank. Sie schob sich zwischen Kleidungsstücke, die ordentlich auf Holzbügeln aufgehängt waren, und zog die knarrende Tür von innen zu. Einen winzigen Spalt ließ sie jedoch offen. Im Schrank roch es nach feuchtem Mauerwerk, Mottenkugeln und schlecht gelüfteter Bekleidung. Das Atmen fiel ihr nicht leicht.

Der Conte begann seinen Besuch in Francescas Zimmer, indem er die Tür heftig aufstieß und sie gegen die Wand krachen ließ.

In ihren Verstecken hörten Poppi und Lilo zwei Stimmen. Donatella versuchte, Francescas Urgroßvater zu beruhigen, eine Männerstimme unterstützte sie dabei. Lilo verstand den Namen Luigi, den Donatella mehrfach nannte. Sie erinnerte sich an Francescas Worte vom Vortag, als sie zusammen Eis gegessen hatten. Francesca hatte Luigi einen Speichellecker genannt, der dem Conte schmeichelte. Womit hatte der Conte ihn beauftragt? Ging es um die Erpressung? Von der wusste er doch erst seit einem Tag, Luigi aber schien schon länger in seiner Nähe zu sein.

Der alte Conte begann, Francesca wütend anzuschreien. Seine brüchige Stimme kippte mehrere Male, wurde hoch und pfeifend. Er rang zwischen den

Worten nach Luft, wehrte sich scharf gegen alle Einwände von Donatella und Luigi und kümmerte sich nicht um Francescas Protest.

Es kam noch schlimmer. Durch die leicht geöffnete Schranktür konnte Lilo den Conte auf einen Holzstock mit altmodischem, gebogenem Griff gestützt herumhumpeln sehen. Er schlug mit dem Stock in die Richtung von Donatella und Luigi, um sie aus dem Zimmer zu jagen, und warf hinter ihnen die Tür zu. Francesca befahl er, sich an den Tisch zu setzen. Sie musste nach Heft und Füller greifen und bekam von ihrem Urgroßvater etwas diktiert. Verstohlen blickte sie zum Schrank und zum Bett. Wie lange würden es die Mädchen dort aushalten müssen?

EINE TÜR GEHT AUF

Nichts, absolut nichts hatte Axel mit der langen Stange im trüben Kanalwasser ertasten können. Der Boden war sumpfig und am Ende der Stange glänzte ekeliger schwarzer Schlamm. Noch immer hatte er keine Erklärung für das rätselhafte Auftauchen der ersten Maske.

Dominik stand neben Axel und beteuerte mehrmals, dass jeder Satz, den er gesagt hatte, seine Richtigkeit hatte. Er habe nichts dazugedichtet, das müsse Axel ihm glauben.

Um vielleicht doch noch etwas herauszufinden, hätte Axel im Kanal tauchen müssen. Dazu hatte er aber keine Lust. Das Wasser roch nicht einladend und die Dunkelheit und Ungewissheit, die ihn erwarteten, machten ihm Angst.

„Lass uns einmal drüben an dem Haus klingeln, in

das der Maskenmann gestern Nacht hineingegangen ist“, schlug er vor.

„Sollten wir nicht lieber auf Lilo und Poppi warten?“, gab Dominik zu bedenken.

„Die kommen schon nach.“ Axel kletterte wieder auf den Gehweg hoch und half Dominik, der nicht so gelenkig war. Sie überquerten die Brücke, bogen in die Gasse ein, in der der Palazzo lag, liefen vor bis zur zweiten Brücke und standen schließlich vor dem Haus. Wenn er schon im Kanal nichts hatte entdecken können, wollte Axel wenigstens mehr über die zweite Maske in Erfahrung bringen. Es wurmte ihn ein wenig, dass Lilo oft nur an ihrer Nasenspitze kneten musste und schon hatte sie die besten Ideen. So war sie das Superhirn, während Axel eben nur Axel war. Das wollte er ändern.

Bei Tag wirkte die Haustür noch schäbiger als in der Nacht. Vor langer Zeit musste sie schwarz gestrichen gewesen sein. Die Farbe war in großen Splittern abgesprungen und darunter kam schon leicht verwittertes graues Holz zum Vorschein. Die Löcher hatten bizarre gezackte Formen. Aus einiger Entfernung betrachtet wirkten sie wie die Augen eines Ungeheuers, die unter dicken Hautfalten hervorspähten.

Axel betrachtete den uralten Glockenzug. Noch zögerte er. Was sollte er sagen, wenn geöffnet wurde? Dominik, der hinter ihm stand, blickte die Gasse auf und ab. Niemand war um diese Zeit unterwegs. Das Geräusch einer zufallenden Tür zerriss die drückende Stille.

Als hätte er einen Zauberspruch gesagt, ging die alte Haustür vor Axel plötzlich auf. Das Schloss gab einen metallischen Knall von sich und der Türflügel sprang nach innen. Jetzt war die Tür gerade so weit offen, dass Axel hätte durchschlüpfen können. Von drinnen wehte kühle Luft heraus, die nach alten Kartoffeln und Keller roch.

Kein Mensch zeigte sich. Niemand streckte den Kopf heraus, um zu sehen, wer draußen stand. Axel war beim überraschenden Aufgehen einen Schritt nach hinten gewichen, beugte sich jetzt aber wieder vor, um besser in den Raum hinter der Tür blicken zu können.

Wieso kam niemand? Wie war die Tür aufgegangen? Kein Summen eines Türöffners war zu hören gewesen.

Axel warf einen prüfenden Blick auf die altmodische Verschlusskonstruktion im Türrahmen. Doch er erkannte keinerlei Spuren von Elektrizität. Es musste also jemand die Tür von innen aufgeschlossen haben.

Waren da Schritte? Axel huschte nahe an den offenen Spalt und lauschte in die Stille des Hauses. Ja, da ging jemand. Nicht sehr schnell und etwas unregelmäßig. Außerdem entfernte sich das Klick-Klack der

Schuhe. Der unbekannte Türöffner stieg eine Treppe hoch, vermutete Axel.

Von hinten stieß Dominik ihn fragend an. Axel zuckte mit den Schultern. Er wusste auch nicht, was er von der offenen Tür halten sollte. Um nicht nur untätig herumzustehen, drückte er sie mit der Schuhspitze weiter auf. Die Angeln waren offenbar frisch geölt und gaben keinen Laut von sich. Dominik und Axel sahen in einen langen Flur, von dem auf der linken Seite mehrere Türen wegführten. Die Außenmauer rechts hatte nicht einmal ein Fenster. Viele alte Fotos in braunen Holzrahmen waren hier aufgehängt. Die Treppe, die derjenige, der die Tür hatte aufspringen lassen, hinaufgegangen war, lag fast im Dunkeln und sah aus, als wäre sie weit entfernt. Dabei war das ganze Haus nicht sehr lang.

Was passierte hier? Ohne sich mit Dominik zu beratschlagen, setzte Axel seinen rechten Fuß auf die ausgetretenen Steinfliesen des Flurs. Er wagte kaum zu atmen, um nur ja kein Geräusch zu überhören. Was sie gerade taten, war nicht erlaubt. Trotzdem konnte Axel nicht anders. Er witterte ein Geheimnis, etwas Verborgenes, und er wollte Lilo unbedingt mal einen Schritt voraus sein.

Da Dominik nicht allein auf der Straße an der offenen Haustür zurückbleiben wollte, folgte er seinem Freund mit pochendem Herzen. Er schwitzte stark und spürte, wie sein feines weißes Hemd an der Haut klebte.

Die beiden Knickerbocker wurden beim heimlichen Betreten des Hauses beobachtet. Auf der anderen Seite der Brücke stand im Schatten eines Gebäudes derjenige, für den die Tür geöffnet worden war. Er war sehr erstaunt, die beiden Jungen zu sehen. Noch mehr überraschte ihn, dass sie in das Gebäude schlichen. Was war davon zu halten? Es wäre jetzt wichtig, die andere Person im Haus zu verständigen, das war aber nicht möglich.

Er musste abwarten, was sich im Haus abspielen würde.

Was hinter den Türen im Erdgeschoss lag, fanden Dominik und Axel nicht heraus. Axel versuchte zwar, eine der Klinken niederzudrücken, aber die Tür war abgeschlossen. Da sie sich nicht zu lange im Haus aufhalten wollten, verschwendeten sie keine Zeit, sondern gingen zielstrebig auf die Treppe zu. Das Treppenhaus war steil, die Wände kahl. Das Haus musste sehr alt sein, denn der Stein der Stufen war in der Mitte abgetreten und glatt und zeigte nur noch an den Rändern die ursprüngliche aufgeraute Oberfläche.

Die Treppe führte in einen weiteren Flur, der auf beiden Seiten in lange Zimmerfluchten überging. Die Doppelflügeltüren standen offen und gaben den Blick in eine Reihe von Zimmern frei, die kein Ende zu nehmen schien. Dominik, der recht gut im Schätzen war, vermutete, die Zimmer könnten sich von einer Brücke bis zur anderen spannen. Das bedeutete, hier befand sich auch das Zimmer, von dem aus die erste Maske beim Auftauchen aus dem Kanal beobachtet worden war.

Die Fensterläden waren halb geöffnet. Auf die Holzböden fielen rechteckige Lichtstreifen. Feiner Staub tanzte in den Strahlen der Sonne.

Axel hielt sich den Ärmel seiner Jacke vor die Nase. In der Luft lag ein süßlicher Geruch von Parfum, der ihn kitzelte. Er fürchtete, niesen zu müssen. Auch Dominik verzog das Gesicht, nachdem er prüfend geschnuppert hatte. Hatte hier jemand ein paar Flaschen Duftwasser ausgeleert? Der intensive Geruch nach Rosen und Veilchen erinnerte ihn an eine sehr alte Tante, die immer einen Kuss von ihm haben wollte. Er mochte ihr nie einen geben, weil er ihr Parfum einfach widerlich fand.

Die Jungen standen regungslos am oberen Ende der Treppe und hielten immer wieder den Atem an. Sie taten es nicht nur wegen des Geruchs, sondern auch damit ihnen kein Geräusch entging, das auf den Unbekannten hinwies, der die Tür aufgemacht hatte.

Sekunden verstrichen und wurden zu einer Minute, dann zu einer zweiten und dritten. Axel gab Dominik mit dem Kopf ein Zeichen, bis zum ersten Zimmer zu schleichen. Die Jungen bewegten sich dicht an der Wand, weil der Holzboden dort am wenigsten knarrte. Ohne einen Laut zu verursachen, erreichten sie die hohe Doppelflügeltür. Dahinter lag ein Zimmer, in dem alles dunkelrosa, cremeweiß und goldfarben war: seidene Tapeten, gedrechselte Stühle und Tischchen, ein geschwungenes Sofa mit Löwenbeinen, hohe Spiegel mit Goldrahmen und Berge von Kissen, alle mit Spitzen verziert.

Hinter der nächsten Tür erstreckte sich ein noch größerer Raum, der blassblau schimmerte. Wahrscheinlich war er dem ersten Zimmer ähnlich, nur eben in einer anderen Farbe gehalten.

Von dort kam eine Stimme. Dominik zuckte heftig zusammen und seine Finger krallten sich in Axels Arm. Vor Schmerz verzog Axel das Gesicht und sah Dominik strafend an.

Die Stimme war leise, klang aber drängend und gehetzt. Leider sprach derjenige Italienisch, sodass die beiden Knickerbocker nichts verstanden.

Im Türrahmen erschien ein Arm. Die Hand war faltig und alt und ragte aus dem Ärmel eines alten Samtsakkos.

Axel kam sogleich ein Verdacht: War das vielleicht der Mann, den sie nachts an der Brücke beobachtet hatten? Wieso war er hier im Haus? Warum hatte er ihnen die Tür geöffnet?

Dominik hatte ähnliche Gedanken. Bestimmt hat er nicht für uns geöffnet, ging es ihm durch den Kopf. Der Mann hatte jemand anderen erwartet.

Von unten kam das Klicken des Türschlosses. Die Tür war demnach nicht zugeschlagen, sondern zugedrückt worden.

Wer war das? Wer lief gleich die Treppe hoch?

GIFT UND RACHE

„Sprich bitte Deutsch mit mir! Zur Übung!", bat Francesca ihren Urgroßvater. Der Conte war von diesem Wunsch völlig überrascht. Er hatte sich auf die Bettkante sinken lassen und einen Moment lang schien er nicht zu wissen, was er sagen sollte.

Aus ihrem Versteck sah Poppi zwei schwarze Lederschuhe mit abgetretenen Absätzen und das untere Ende des dicken braunen Gehstockes, das von einem schwarzen Gummistück geschützt wurde.

„Wieso willst du das?", erwiderte der Conte unfreundlich.

Francesca starrte auf das offen liegende Heft vor sich. „Wenn du mich in ein Internat in der Schweiz steckst, muss ich dort Deutsch reden. Also besser ich übe schon mal ein wenig dafür."

Natürlich war das nicht der wahre Grund. Francesca wollte nur, dass Lilo und Poppi verstehen konnten, worüber der Conte mit ihr redete.

„Du möchtest sonst nie lernen." Der Conte saß so, dass Lilo ihn durch den schmalen Schlitz der Schranktür beobachten konnte. Er war bloß Haut und Knochen, die Furchen im Gesicht schienen seit gestern noch tiefer geworden zu sein. Seine Haut war fahl und grau.

Die geröteten Augen des Conte fielen auf den Schrank. Schnell richtete sich Lilo auf. Sie hatte das Gefühl, der Conte könnte sie bemerkt haben. Ihr Herz raste.

Ächzend und schwer auf seinen Gehstock gestützt, stemmte sich der Conte von der Bettkante auf. „Ich verbiete dir jeden Umgang mit Menschen, zu denen ich meine Zustimmung nicht gegeben habe", sagte er scharf, während er quer durch das Zimmer humpelte. „Du bist mit zwei Mädchen gekommen, hat Donatella gesagt. Sie sind zum Glück wieder fort. Ich untersage dir, sie noch einmal in den *Palazzo Mamole* zu bringen. Du wirst sie auch außerhalb nie wieder sehen. Ich hege den Verdacht, dass sie Schande über unsere Familie bringen."

Francesca blickte aus den Augenwinkeln nach links und rechts zu den Verstecken der Mädchen. Entsetzt musste sie mitansehen, wie der Conte die Schranktür mit dem Gummipfropfen des Stockes energisch zu-

stieß. Lilo bekam jetzt keine frische Luft mehr. Wie lange würde sie das aushalten?

Die Frage stellte sich auch Lilo, die jetzt in völliger Finsternis hockte. Sie schwitzte heftig und ihr Herz schlug so laut, dass sie Angst hatte, der Conte könnte es hören. Der Gestank reizte sie zum Niesen. Energisch fuhr sie sich mit der Hand über die Nase.

„Unsere Familie hat Dogen hervorgebracht. Die Mamoles zählen zu den wichtigsten und angesehensten Bürgern Venedigs. Ich werde nicht zulassen, dass unser Name beschmutzt wird. Und du schreibst jetzt zehn Seiten lang, wie du das Ansehen der Mamoles hochhalten und ehren wirst."

Ohne Widerspruch zog Francesca die Kappe vom Füller. Sie wollte nämlich, dass der Conte möglichst schnell ihr Zimmer verließ und sie Lilo aus dem Schrank befreien konnte.

„Damit du wirklich arbeitest, werde ich noch bei dir bleiben", kündigte der alte Graf an. Müde ließ er sich auf das Bett fallen. Obwohl er nicht viel Gewicht auf die Waage brachte, ächzte das Bettgestell.

Poppi warf einen besorgten Blick über sich. Die hölzernen Latten würden doch nicht ausgerechnet jetzt zusammenbrechen!

„Urgroßvater", begann Francesca vorsichtig und mit schmeichelnder Stimme. Lilo und Poppi hätten ihr einen so sanften, einfühlsamen Tonfall gar nicht zugetraut.

„Was?"

„Was macht dich so unruhig? Wieso kann dich jemand erpressen?"

„Woher weißt du …?", brauste der Conte auf.

„Großmutter hat es mir gesagt. Weil du Ruhe brauchst. Aber ich habe selbst Sorge und Angst."

Francesca war mit einem Schlag wie ausgewechselt.

Conte Mamole seufzte tief. Sein Blick fiel durch das Fenster und verlor sich in der Ferne. Mehr zu sich als zu Francesca sagte er: „Wenn ich die Vergangenheit nur auslöschen könnte. Es sind die schwarzen Schatten von damals, die uns zu vernichten drohen. Wir alle sind unschuldig, trotzdem können uns die Schatten so viel anhaben. Gewusst habe ich es immer. Es stand verschlüsselt in der Familienchronik der Mamoles. Seit sechshundert Jahren werden in dieser Chronik sämtliche Geburten, jeder Todesfall und alle Ereignisse, die einen Mamole betreffen, aufgezeichnet." In Gedanken versunken ließ der Conte den Gehstock zwischen den Händen tanzen. „Die Mitwisser sind alle tot. Vergiftet."

Lilo hatte Mühe zu verstehen, was der Conte vor sich hin murmelte. Immer tiefer geriet er in düstere Grübeleien, immer brüchiger wurde seine Stimme. Der intensive Gestank raubte Lilo den Atem. Sie hatte den Jackenärmel fest vor die Nase gepresst, aber der Mottenkugelgeruch drang durch. Sie hatte das Gefühl, nicht mehr genug Luft zu bekommen. Lange würde sie das nicht mehr aushalten. Sie musste aus ihrem Versteck und Sauerstoff in ihre Lungen pumpen.

„Vergiftet? Heißt das, es wurde jemand ermordet?",

hakte Francesca nach. Bisher waren ihr die Mamoles als die langweiligsten Leute der Welt erschienen.

Der Conte hob den Kopf. Sichtlich stolz fuhr er fort: „Ja, die Übeltäter wurden von einem deiner Vorfahren zum Schweigen gebracht. Er hat sie in diesen Palazzo eingeladen und tat, als wüsste er nicht, dass sie hinter den Schrecken steckten, die ihn viele Jahre lang heimgesucht hatten. Ein Gift hat er in das Essen gemischt, das erst Stunden später wirksam wurde. Die Erpresser starben daheim, kein Verdacht fiel auf deinen Urahnen. Damit dachte er, für alle Zeiten Ruhe zu haben. Was für ein Irrtum!“

Anklagend hob der Conte den Stock zur Zimmerdecke, als könnte er direkt zum Himmel sehen. „Die Feinde waren voller Tücke und Verschlagenheit. Sie hatten alles vorbereitet, um hunderte Jahre später bittere Rache zu üben. Sie müssen geahnt haben, dass ein Mamole hinter ihre Pläne kommen würde.“

Poppi spürte, wie sich die Matratze immer tiefer nach unten bog und ihr auf den Rücken drückte. Sie bekam Platzangst. Wenn der Lattenrost brach, würde sie unterm Bett begraben werden.

„Ein Plan, wie ihn nur der Teufel persönlich ausgeheckt haben kann. Wir alle werden leiden, wenn es nicht gelingt, das erpresserische Vorhaben zu vereiteln. Es wäre das Ende des Geschlechts der Mamole.“

Lilo hielt es keine Sekunde länger aus. Ihr war

schwindlig und übel. Der Conte war ein alter Mann und würde sie nicht einholen können. Sie warf sich von innen gegen die Schranktür und stolperte in das Zimmer. Blusen, ein Rock, eine Jeans und eine Stola blieben auf ihr hängen, sodass sie wie ein zerfetztes Gespenst aussah.

Poppi, die Lilos Flucht gleich mitbekam, kämpfte sich unter dem Bett hervor. Gesaugt oder gekehrt hatte man dort schon sehr lange nicht mehr. In Poppis Haar und an ihrer dunkelblauen Kleidung klebten Wollmäuse und Staub. Auch sie hatte etwas von einem Geist.

Francesca begriff sofort und reagierte blitzschnell, indem sie kreischte und die Hände vor das Gesicht schlug. Sie gebärdete sich wie eines dieser überdrehten Mädchen, die der Anblick einer Maus in Panik versetzt. Hilfe suchend warf sie sich ihrem Urgroßvater an die Brust, wimmerte und heulte, dass es spuke und sie entsetzliche Angst habe.

Die Knickerbocker-Mädchen stürzten durch die Tür zum Treppenhaus und flüchteten, immer zwei, manchmal sogar drei Stufen auf einmal nehmend zum Ausgang. Ihr Verschwinden war so schnell vor sich gegangen, dass der Conte zuerst gar nicht begriff, was da geschah.

Als Lilo und Poppi in die Seitengasse hinausstürmten, hörten sie ihn von oben zetern und nach Luigi schreien. Aber auch der konnte die Mädchen nicht mehr erwischen. Sie rannten einfach los und tauchten in dem Gewirr von kleinen Gässchen unter.

Heftig keuchend blieben sie stehen, als sie sicher waren, nicht verfolgt zu werden. Was sie belauscht hatten, warf neue Fragen auf. Sie mussten unbedingt mit Axel und Dominik darüber reden. Lilo holte ihr Handy heraus und wählte Dominiks Nummer.

PUPPE MIT RUNZELGESICHT

Es war eng, es war heiß und Staub kitzelte die Jungen in der Nase. Die einzige Möglichkeit, sich zu verstecken, war ein schwerer Samtvorhang an der Wand gewesen. Der Stoff war einmal dunkelrosa gefärbt, jetzt aber ausgeblichen. Er hing von einer gedrehten Schmiedeeisenstange herab, als befände sich dahinter ein Fenster.

Axel hatte hektisch nach einer Zuflucht zu suchen begonnen, als sich von unten die Schritte näherten. Der Vorhang war ihm als einziger Ausweg erschienen. Die alten Holzmöbel im Zimmer und auf dem Flur schienen kein gutes Versteck abzugeben. Bestimmt hätten die Türen beim Aufziehen laut geknarrt.

Hinter dem Vorhang befand sich eine tiefe Wandnische. Dort wurden Besen, Putzeimer, mehrere Flaschen mit Reinigungsmitteln und Staubwedel aus abgenutzten Federn aufbewahrt. Axel und Dominik blieb keine Zeit, ein anderes Versteck zu suchen. Sie mussten sich in die Nische drängen, wo sie nun Schulter an Schulter standen. Der scharfe Geruch der Putzmittel wäre noch zu ertragen gewesen, die Staubkörnchen und winzigen Stückchen der brüchigen Federn aber erwiesen sich als schlimme Folter. Unentwegt tanzten sie um die Gesichter der Jungen, setzten sich in die empfindlichen Nasenlöcher und reizten sie.

Wie gerne hätten sich die beiden die Nase geschnäuzt oder zumindest zugehalten. Doch die Hände dafür zu heben, wagten Axel und Dominik nicht, weil die Bewegung vielleicht vom Flur aus zu erkennen gewesen wäre.

Was auf der anderen Seite des Vorhanges geschah, konnten sie nur erahnen. Zu hören war nichts mehr. Wer auch immer das Haus betreten hatte, musste eigentlich das Ende der Treppe schon längst erreicht haben und nun entweder vor ihrem Versteck stehen oder weiter in den Salon gegangen sein.

Der Schrei kam unerwartet und fuhr ihnen durch Mark und Bein. Es war ohne Zweifel eine Frau, die den sehr hohen, langen Schrei ausstieß. Die beiden Jungen zuckten heftig zusammen, stießen aneinander und Dominik stolperte nach vorn. Er fasste Halt suchend nach dem Samtstoff, krallte sich fest und riss dabei ein Loch hinein, weil das Gewebe so alt war.

Axel fürchtete, entdeckt zu werden, und erwartete schon den nächsten Aufschrei. Der aber blieb aus.

Zwei Zimmer weiter wurde wild durcheinandergeredet. Die Frau sprach sehr erregt, die heisere Männerstimme klang, als würde sie sich entschuldigen oder verteidigen. Immer lauter wurde die drohende Frauenstimme und Dominik glaubte zu verstehen, dass sie nach der Polizei verlangte. Der Mann versuchte das abzuwehren.

Auf einmal fiel Dominik die Aufnahmefunktion seines Handys ein. Er nahm das Gerät aus der Hosentasche und tippte suchend darauf herum. Endlich blinkte rot *RECORD* auf. Die Aufnahme startete. Dominik streckte das Handy durch das Loch im Samt. Er richtete das Mikrofon auf das Zimmer, in dem der Mann und die Frau noch immer heftig aufeinander einredeten.

Auf der Treppe stand jemand. Beunruhigt verfolgte er das hitzige Wortgefecht im blauen Salon, beobachtete jedoch mit noch größerer Sorge die Hand mit dem Handy, die durch den Vorhang ragte.

Offensichtlich besprachen die beiden Personen im blauen Zimmer etwas, was für fremde Ohren nicht bestimmt war. Die Frau hatte sich inzwischen ein wenig beruhigt. Argwöhnisch stellte sie eine Frage nach der anderen und der Mann schien sie nur ausweichend zu beantworten.

Die hohe, erregte Stimme der Frau näherte sich ihm. Lautlos machte der Beobachter auf der Treppe kehrt, huschte hinunter und verließ das Haus. Er hatte sich einen Überblick über die Lage verschafft und bereits einen Plan gefasst.

Dominik zog die Hand mit dem Handy zurück, nahm aber weiter auf. Axel spähte durch das Loch im Samt. Aus dem Salon trat eine lebende Porzellanpuppe mit uraltem Gesicht. Eine viel zu blonde Perücke umrahmte ein runzeliges, extrem geschminktes Gesicht.

Das rosafarbene Kleidchen mit dem weißen Spitzenkragen hätte viel besser zu einem kleinen Mädchen als zu dieser Frau gepasst, die bestimmt schon achtzig Jahre oder sogar noch älter war.

Ihr folgte der Mann mit grünem Samtwams und den breit gestreiften Hosen. Sein aschblondes Haar hing strähnig vom Kopf herab. Verlegen drehte er den Hut mit der gewellten Krempe zwischen den Fingern.

Auch er war schon älter, aber auf jeden Fall jünger als die Frau, die er mit Signora Rosso anredete. Sie nannte ihn Cassono und schüttelte ständig verständnislos den Kopf. Als ob sie sichergehen wollte, dass er wirklich das Haus verließ, scheuchte sie ihn vor sich die Treppe hinunter. Auch ohne viel Italienisch zu verstehen, bekamen die Knickerbocker mit, wie Cassono immer wieder um Verzeihung bat, Signora

Rosso die Entschuldigung aber nicht annehmen wollte und ihn ihren Ärger spüren ließ.

Die Haustür wurde geschlossen und zusätzlich von innen zweimal abgesperrt. Einen großen, schon leicht verrosteten Schlüssel wie eine Keule in der Hand schwingend kehrte Signora Rosso zurück. Das Treppensteigen strengte sie sehr an. Sie fasste sich mit einer Hand an ihr Herz und rang nach Luft. Zum Ausruhen lehnte sie sich an die Wand, kam aber schnell wieder zu Kräften und stakste weiter.

Dominik hatte die Aufnahmefunktion des Handys schon abgeschaltet, hielt es aber immer noch in der Hand. Deshalb spürte er das Vibrieren sofort, das einen Anruf ankündigte. Lilos Name stand auf der Anzeige. Flüsternd meldete er sich und erklärte leise, wo er und Axel sich befanden.

„Wir können nicht raus, sie hat abgesperrt und den Schlüssel bei sich."

„Wir helfen euch!", versprach Lilo.

Es dauerte fast eine Viertelstunde, bis unten in der langen Diele drei Messingglöckchen geschüttelt wurden, die hoch und durchdringend klirrten. Vor sich hin schimpfend tauchte Signora Rosso aus einem der Salons auf. Sie hatte sich umgezogen und trug jetzt einen bodenlangen quietschrosa Hausmantel mit weißem Kaninchenfell am Kragen und an den Manschetten. Es klang nicht freundlich, was sie so alles vor sich hin murmelte, während sie die Treppe hinunterging.

Axel gab Dominik ein Zeichen, das Versteck hinter dem Vorhang jetzt leise zu verlassen. Oben auf der Treppe würden sie auf die beste Gelegenheit lauern, um ungesehen aus dem Haus zu schlüpfen. Poppi und Lilo musste es gelingen, die alte Frau abzulenken.

Umständlich steckte Signora Rosso den Schlüssel in das uralte Schloss. Sie brauchte beide Hände, um ihn zu drehen. In der Tür knirschte und ratterte es und schließlich sprang sie auf.

Draußen stand eine aufgeregte Poppi, die Tränen über ihr Gesicht strömen ließ. Schluchzend zeigte sie hinter die Brücke, zu einer Stelle, die von der Haustür aus nicht zu sehen war. Sie stammelte etwas von „Freundin, friend, amica“ und deutete pantomimisch an, dass diese Freundin gestürzt sei und sich verletzt habe. Sie benötige dringend Hilfe.

Die alte Dame hatte sofort Mitleid mit Poppi, die ihre Rolle sehr glaubwürdig und herzzerreißend spielte. Beruhigend auf sie einredend folgte sie ihr in ihrem zappelnden Gang.

Damit war für Dominik und Axel der Weg aus dem Haus frei. Ohne sich zu bemühen, leise zu sein, trampelten sie die Treppe hinunter und schlüpften ins Freie. Poppi warf einen Blick über die Schulter der alten Signora Rosso und sah, wie Axel den Daumen in die Höhe streckte. Es tat Poppi leid, die zerbrechliche Dame mit diesem Trick aus dem Haus gelockt zu haben, doch es war notwendig gewesen, um die Jungen zu befreien. Jetzt, da Axel und Dominik bereits in die entgegengesetzte Richtung türmten, ergriff auch Poppi die Flucht. Sie stammelte etwas von „Sorry, scusi", hob entschuldigend die Schultern und lief eilig davon.

Zuerst war Signora Rosso verdutzt, dann aber zeterte sie zornig hinter Poppi her. Das Mädchen hörte das Geschrei auch noch, als sie bereits zweimal um die Ecke gebogen war und die Stelle erreichte, wo Lilo auf sie wartete.

„Erledigt", verkündete Poppi keuchend. Lilo rief Dominik wieder auf dem Handy an und sie vereinbarten als Treffpunkt den Markusplatz. An fast jeder Ecke in Venedig gab es Pfeile, die anzeigten, in welcher Richtung der berühmte Platz lag. Sie mussten ihnen nur folgen.

Die Knickerbocker-Bande fühlte sich sicher. Dabei hatten sie sich mit dem verbotenen Eindringen in dieses alte Haus erst richtig in Gefahr gebracht. Dem Beobachter, der die Jungen in Signora Rossos Palazzo gesehen hatte, war die Rolle nicht klar, die die Bande spielte. Aber er wollte kein Risiko eingehen. Er stand kurz davor, an viel Geld zu kommen. Diese Kinder durften nicht dazwischenfunken.

DIE FRIEDHOFSINSEL

Großzügig spendierte Dominik seinen Freunden noch mal ein Eis auf dem Markusplatz. Während eine Gruppe junger Straßenmusikanten klassische Stücke spielte, tauschten die Knickerbocker ihre Erlebnisse und Entdeckungen aus.

Am Nachbartisch saß ein Ehepaar, das die ganze Zeit zu ihnen herübersah. Poppi bemerkte die Blicke und machte die anderen darauf aufmerksam.

„Warum glotzen die denn so?"

Lilo nahm den Eislöffel, wischte ihn an der Serviette blank und benutzte ihn als Rückspiegel. Viel konnte sie nicht erkennen. Sie musste Poppi aber Recht geben, die Frau und der Mann beobachteten sie. Wohl fühlten sich die vier dabei nicht. Sie hätten nicht im Café sitzen dürfen, sondern längst Herrn Fuchs verständigen und ihre Schulkameraden treffen sollen.

„Die Frau kommt“, flüsterte Dominik aufgeregt, als sich die Dame am Nebentisch erhob und halb gebückt zu ihnen huschte. Sie klimperte heftig mit den Augen und spitzte beim Reden ständig die Lippen.

„Hallöchen, mein Friedrich behauptet, ihr seid die Kinder, die vor ein paar Wochen in der Zeitung zu sehen waren. Ihr hattet geholfen, einen Dieb zu fassen. Stimmt das?“

Alle vier Knickerbocker atmeten erleichtert auf.

Mit ernster Miene nickte Dominik. „Ja, das sind wir. Sie und Ihr Mann haben den Artikel über uns also gelesen?“

Die Frau nickte so heftig, dass ihr die Sonnenbrille, die sie nach oben in die Haare geschoben hatte, herunterrutschte. „Wir erinnern uns genau. Neben eurem Foto war nämlich eine Meldung über diese neue Toilette, dank der man kein Toilettenpapier mehr braucht, weil sie eine Dusche und ein Warmluftgebläse eingebaut hat. Friedrich hat gemeint, dass wir uns so eine Toilette kaufen sollten. Ich wollte aber lieber nach Venedig reisen. Jetzt ratet mal, wer gewonnen hat?“

Axel verdrehte die Augen und raunte aus dem Mundwinkel: „Toilette mit Po-Waschanlage! Wirklich der Heuler.“ Die anderen konnten sich das Lachen nicht verkneifen und prusteten los.

Beleidigt ging die Frau ein paar Schritte zurück.

„Eigentlich wollten wir ein Autogramm von euch. Aber ihr scheint nicht gerade sehr freundlich zu sein."

Mit schuldbewusstem Gesicht beteuerte Dominik: „Verzeihen Sie, gnädige Frau, aber meine Freunde sind heute übermütig. Selbstverständlich erfüllen wir Ihre Bitte gerne und mit großem Stolz."

Er zückte einen Füller, die Frau hatte schon einen Zettel vorbereitet.

Während jeder der vier Knickerbocker schwungvoll seinen Namen auf das Papier setzte, plapperte die Frau weiter: „Mein Friedrich ist auch so abenteuerlustig. Er war heute mit mir auf der Friedhofsinsel."

Sie hauchte die Worte nur, als würde es sich um ein Geheimnis handeln.

„Ich sage euch, er wollte unbedingt die Gräber von berühmten Persönlichkeiten besuchen. Dazu hat er sich extra einen Friedhofsführer gekauft. Dort steht, in welcher Grabsteinreihe und auf welchem Platz die gesuchte Person liegt." Sie verzog enttäuscht den Mund. „Es waren aber keine Filmstars oder Popmusiker dabei. Lauter kluge Leute liegen dort. Komponisten und Dichter. Ich kenne die alle nicht, aber mein Friedrich schon." Sie drehte sich zu ihm und die vier Freunde sahen ihn selbstgefällig nicken und huldvoll mit der Hand grüßen.

Stolz zog die Frau mit den Autogrammen der Knickerbocker ab.

„Sogar der Friedhof ist hier auf einer Insel", staunte Poppi.

„Wäre ein netter Nachtausflug", meinte Axel. Er lachte über Poppis erschrockenes Gesicht. „Dort kannst du allein hin", brummte sie ein wenig sauer, weil er sich schon wieder über ihre Ängstlichkeit lustig machte.

„Ich komme gleich zurück!" Mit diesen Worten meldete sich Dominik ab und ging ins Innere des Cafés, um die Toilette zu suchen. Als er wieder herauskam, warf er einen schnellen Blick in die Schaufenster der Geschäfte, die neben dem Café lagen. Beim zweiten blieb er wie angewurzelt stehen und hätte am liebsten laut nach Lilo gerufen. Schnell eilte er zu seinen Freunden hinüber.

„Das müsst ihr euch ansehen!" Er legte das Geld für das Eis auf den Tisch und winkte den anderen, schnell mitzukommen. Hinter der sehr sauberen Scheibe, durch die man in den Ausstellungsraum einer Galerie sehen konnte, hingen an den weißen Wänden riesige Ölgemälde in protzigen Goldrahmen. Die Bilder zeigten wilde Fantasien von Kraken, die aus dem Meer auftauchten und mit gigantischen Armen den *Campanile*, die Säulen des Dogenpalastes und den Glockenturm niederrissen. Auf einem Gemälde hatte ein Krake mit seinen Tentakeln einen Touristen umschlungen, auf einem anderen riss das Seeungeheuer mehrere der schwarzen Gondeln samt Passagieren und Gondolieri in die Tiefe.

„Was sind das für Albtraumbilder?“, fragte Lilo.

Dominik deutete auf das lebensgroße schwarz-weiße Foto eines Mannes, der mit Pinsel und Palette vor einer Staffelei stand und das nächste Bild vom Angriff der Killerkraken auf Venedig fabrizierte.

„Der Mann von gestern Nacht!“, erkannte Lilo ihn sofort.

„Der Kerl bei Signora Rosso von heute Vormittag“, ergänzte Dominik.

Auf dem Foto trug er das Samtsakko mit den ausgebeulten Ellenbogen und die breit gestreifte Hose. Den Hut hatte er in den Nacken geschoben, damit mehr von seinem Gesicht erkennbar war, das Haar war etwas gepflegter und sauberer als vor ein paar Stunden.

Poppi las auf dem Schild neben dem Foto den Namen „Massimiliano Cassono“.

Lilo stieß Dominik mit dem Ellenbogen an. „Du gehst hinein und fragst, wo der gute Mann wohnt.“

„Wieso ich?“ Dominik waren die beiden Damen in ihren knappen schwarzen Kleidern und mit dem strengen Make-up, die wie Wächter vor den Bildern auf und ab gingen, wenig sympathisch.

„Weil du so schick aussiehst und bestimmt den großen Kunstkenner spielen kannst!“, meinte Lilo und schubste Dominik in Richtung Ladentür. Widerstrebend drückte er sie auf. Ein Schwall eiskalter Luft schlug ihm entgegen. Er verstand nicht, wieso die Damen in den kurzen Kleidchen in der Galerie nicht längst erfroren waren.

Durch die Schaufensterscheibe beobachtete der Rest der Bande, wie Dominik sich höflich verneigte und seine Frage stellte.

„Heda!", sagte jemand hinter ihnen.

Axel drehte sich um und sah in ein gerötetes Gesicht, in dem ein buschiger schwarzer Schnauzbart prangte. An der schwarzen Hose und dem blau-weiß gestreiften Pulli war der Mann als Gondoliere zu erkennen. Um den Bauch hatte er ein rotes Tuch geschlungen.

„Heda!", wiederholte er.

Fragend hob Axel die Augenbrauen. Kommentarlos streckte ihm der Mann einen gefalteten Zettel entgegen.

„Für mich?" Axel konnte es nicht glauben. Es musste sich um einen Irrtum handeln. Der Gondoliere starrte auf den Zettel und sah dann Axel fest in die Augen. Er nickte nicht und gab ihnen keine Erklärung. Achselzuckend faltete Axel das Blatt auseinander. Sehr hastig hatte jemand eine Nachricht hingekritzelt: „Kommt schnell zu mir. Nehmt die Gondel." Lilo hatte sich zu Axel gedreht und mitgelesen. Die Unterschrift war genauso schwierig zu entziffern wie der Rest.

„Sieht nach Francesca aus“, vermutete Lilo.

Mit dem Kopf deutete der Gondoliere zum Rand des Markusplatzes. Er winkte ihnen mitzukommen.

„Verstehst du das?“, wollte Axel von Lilo wissen.

„Nein, aber wir fahren trotzdem mit.“

Noch immer war Dominik in eine Unterhaltung mit den beiden Damen der Galerie vertieft. Die zwei schienen an ihm großen Gefallen gefunden zu haben und redeten angeregt und mit ausladenden Gesten auf ihn ein.

„Das dauert noch“, meinte Lilo.

Ungeduldig stampfte der Gondoliere mit dem Fuß auf. Mit den Händen bedeutete er ihnen, schneller zu machen.

„Kannst du auf Dominik warten?“, wandte Lilo sich an Poppi. „Wir fahren zurück zu Francesca und melden uns dann später per Handy.“

Poppi war einverstanden. Axel und Lilo folgten dem Gondoliere.

LILO, AXEL, BITTE MELDEN!

Die beiden Damen in der Galerie konnten sich von Dominik nicht mehr trennen. Poppi versuchte, ihn auf sich aufmerksam zu machen, damit er endlich herauskam, aber ihr Knickerbocker-Freund stand mit dem Rücken zu ihr. Endlich verabschiedete er sich und hauchte den zwei Frauen einen formvollendeten Handkuss auf die Fingerspitzen. Sie stießen Entzückensschreie aus.

Mit einem Zettel in der Hand trat Dominik ins Freic. „Zum Glück haben die Verkäuferinnen ein sehr gutes Englisch gesprochen. Ich habe nicht nur seine Adresse, sondern auch seine Telefonnummern und das geheime Klingelzeichen, das man verwenden muss, damit er öffnet. Dieser Massimiliano Irgendwas ist nämlich ein ziemlich komplizierter Mann."

Poppi und Dominik schritten über den weiten

Markusplatz, wo die Tauben hungrig nach Touristen mit Futter Ausschau hielten. Ein ganzer Schwarm segelte knapp über ihre Köpfe hinweg.

„Recht interessant erscheint es mir, dass Massimiliano nicht nur Maler ist, sondern auch Taucher. Haltet euch fest!" Dominik legte eine Pause ein, um die Spannung zu steigern. Da erst fiel ihm auf, dass Axel und Lilo gar nicht neben ihnen gingen. Er erkundigte sich nach ihrem Verbleib und Poppi erzählte von dem Gondoliere und Francescas Botschaft an die Knickerbocker.

„Woher wusste der Gondoliere, dass wir uns auf dem Markusplatz aufgehalten haben?", wunderte sich Dominik.

Poppi blieb stehen und packte ihn hart am Arm. „Du hast Recht. Francesca kann das auch nicht wissen. Es sei denn, sie ist uns nachgeschlichen. Aber dann hätte sie mit uns persönlich gesprochen und keinen Brief geschrieben."

„Das riecht nach Falle!" Ohne sich absprechen zu müssen, stürmten die beiden Freunde los in die Richtung, in die Lilo und Axel mit dem Gondoliere gegangen waren. Im Laufen zückte Dominik sein Handy. Seine Finger zitterten, als er Lilos Nummer wählte. Der Aufbau der Verbindung dauerte Ewigkeiten und als es endlich klappte, hörte er: „Hier ist Lilo, bitte eine Nachricht hinterlassen."

„Ich bin's, Dominik! Ruf uns sofort an! Ihr rennt in eine Falle!", keuchte Dominik in sein Handy.

Sie hatten den Markusplatz hinter sich gelassen und kamen zu den ersten Kanälen.

Zu welchem aber hatte der Gondoliere die Freunde geführt?

„Du wolltest doch noch etwas über diesen Maler erzählen", erinnerte Poppi Dominik. Während beide den Wasserweg auf und ab sahen, berichtete er: „Ich habe erfahren, dass Massimiliano Cassono ein ausgezeichneter Taucher ist, auch wenn ihm das auf den ersten Blick wohl keiner ansieht. Er erschreckte früher gerne Touristen, indem er völlig überraschend aus einem Kanal auftauchte. Dazu ließ er sich einen speziellen Taucheranzug anfertigen, bei dem unter einem Wasser abweisenden Umhang die Pressluftflaschen versteckt waren. Über der Taucherbrille trug er eine venezianische Karnevalsmaske."

„Dann war er das Maskenmonster, das du beobachtet hast?" Poppi zog Dominik weiter zum nächsten Kanal.

„Davon bin ich überzeugt, obwohl die Damen die Maske mit den goldenen Zähnen noch nie bei ihm gesehen haben. Beide kennen den Maler sehr gut und behaupten, er hätte ihnen all seine Masken gezeigt. Sie meinen, er kann es nicht gewesen sein. Ich bin mir aber sicher, dass er es war. Er hat sie nicht zufällig getragen. Sie bedeutet etwas. Genau wie die Maske mit den drei Nasen."

Während Dominik erneut versuchte, Lilo anzurufen, wählte Poppi Axels Nummer. Aber auch bei ihm kam sie nur auf die Mailbox. „Hi, hier Axel, sprich oder leg auf", hörte sie seine Ansage.

Wieso waren die Freunde nicht mehr zu erreichen? Hatten etwa beide ihr Handy ausgeschaltet? Das taten sie sonst nie!

Im Palast der Mamoles herrschte eine angespannte Stille.

Francesca war vom Conte in ihrem Zimmer eingesperrt worden. Aus dem zweiten Stock würde nicht einmal sie springen. Die Fenster gingen in den Garten hinaus und nicht zum Wasser des Kanals.

Das Heft lag aufgeschlagen auf dem Tisch, geschrieben hatte Francesca aber nichts. Wütend rannte sie zwischen Bett und Schrank hin und her. Dabei murmelte sie alle möglichen Flüche und Schimpfwörter und schwor dem Conte bittere Rache.

Donatella klopfte zweimal an ihre Tür und redete besänftigend auf sie ein. Francesca herrschte sie jedes Mal an, sie solle sich verziehen und sie in Ruhe lassen. Nach dem zweiten gescheiterten Versuch, die Enkeltochter zu beschwichtigen, verabschiedete sich Donatella. Sie hätte in der Stadt noch einige Dinge zu erledigen und würde erst spät zurückkommen. Francesca schwieg eisern. Beunruhigt tippte Donatella wieder an ihre Tür und verlangte eine Antwort. Sie wusste von früheren Streitereien, wie gerne Francesca die Flucht ergriff, und fürchtete, sie könnte versuchen, an den Efeuranken, die sich außen am Palazzo bis zum Dach zogen, hinunterzuklettern. Es bereitete Francesca Vergnügen, die Großmutter in Angst zu versetzen und erst dann ein Lebenszeichen von sich zu geben, wenn Donatella loslief, um vom Conte den Schlüssel zu erbetteln.

Nachdem Donatella den Palazzo verlassen hatte, trat als Nächster Luigi vor Francescas Tür. Er hatte den Schlüssel, sperrte auf und blieb im Türrahmen stehen, als wollte er sie am Weglaufen hindern.

„Der Conte ist sehr erregt über diese Straßenkinder, mit denen du dich herumtreibst!“, fuhr er sie scharf an.

Die Arme vor der Brust verschränkt pflanzte sich Francesca ihm gegenüber auf. „Sie sind Detektive und haben schon viele Fälle gelöst.“

„Was tun sie hier? Hat sie jemand geschickt?“

„Sie sind auf Klassenfahrt. Ich habe sie kennen gelernt, als ich vor Donatella abgehauen bin. Du kannst dem Conte bestellen, dass ich mich wieder aus dem Staub machen werde. Aber diesmal komme ich nicht mehr zurück. Verlasst euch drauf!“

Luigi trat ein und schloss hinter sich die Tür. Er kam auf sie zu und blieb direkt vor ihr stehen. Francesca mochte sein immer gerötetes Gesicht nicht. „Willst du schuld sein, wenn dem Conte etwas zustößt? Möchtest du dich zeitlebens schlecht fühlen, weil du ihn mit deiner frechen Zunge umgebracht hast? Wegen dir bekommt er noch einen Herzinfarkt!"

Das wollte Francesca natürlich nicht. Aber das behielt sie für sich.

Herausfordernd sah Francesca ihn an. „Gibt es in deiner Familie auch jemanden, der nicht davor zurückschreckt, dich zu verhauen oder einzusperren?"

„Ich wäre schon froh, eine Familie zu haben. Leider lebt nur noch ein entfernter Onkel von mir." Luigi sprach ganz leise und Francesca bekam fast Mitleid mit ihm. Schnell wechselte er das Thema: „Diese Kinder – was für Detektive sind das?"

„Geht dich nichts an!" Francesca drehte sich weg. Sie trat an das rechte Fenster und sah hinunter auf den menschenleeren Garten. Dann blickte sie zum Kanal hinüber, wo ein Gondoliere sein schwarzes Boot gerade geschickt um die Ecke lenkte. Er stand auf dem Heck und benutzte nur ein langes Ruder.

Kurz darauf hörte sie, wie Luigi das Zimmer verließ, ohne die Tür hinter sich abzuschließen. Inzwischen war ihr die Lust zu fliehen vergangen und sie blieb nachdenklich am Fenster stehen.

KALTE ÜBERRASCHUNG

Der Maler Massimiliano Cassono wohnte in der Nähe des Arsenals, wo früher die Schiffe gebaut wurden. Heute fand dort alle paar Jahre eine große Ausstellung moderner Kunstwerke statt, zu der Menschen aus der ganzen Welt nach Venedig reisten.

Poppi und Dominik drückten ständig die Wiederwahltaste, in der Hoffnung, Axel und Lilo endlich zu erreichen. Doch immer meldeten sich die Ansagen der Mailboxen. Die Sorge um ihre Freunde wuchs, unternehmen konnten sie aber nichts. Deshalb machten sie sich auf zur Wohnung des Künstlers.

Die Wegbeschreibung, die Dominik von den beiden Damen aus der Galerie erhalten hatte, war ausgezeichnet. Ohne sich nur ein einziges Mal zu verlaufen, erreichten er und Poppi ein Haus mit algengrünem Verputz. Die schwarzen Fensterläden waren alle geschlossen, neben dem ebenfalls schwarz lackierten Eingangstor war ein Messingschild angebracht. In drei Sprachen war zu lesen: „Nicht klopfen, nicht rufen. Klingeln ist sinnlos. Stören Sie den Meister nicht!"

Trotzdem gab es einen Klingelknopf, der blank poliert im Sonnenlicht glänzte. Nach kurzem Nachdenken hatte sich Dominik den Klingelcode in Erinnerung gerufen. Er drückte siebenmal kurz, dreimal lang, dreizehn Mal kurz und danach einmal für mehrere Sekunden.

„Tut sich nichts. Es war keine Glocke zu hören!", sagte Poppi. Sie wollte wissen, ob sich ihnen jemand aus dem Haus näherte und beugte sich deshalb zur Tür. Als sie diese mit dem Kopf berührte, schwenkte sie zu ihrer Überraschung nach innen. Das kam den Knickerbockern sehr verdächtig vor: Die Tür war gar nicht abgeschlossen, sondern nur angelehnt gewesen. Eine Duftwolke schlug ihnen entgegen. Dominik erschnupperte Terpentin und Ölfarben, Poppi bildete sich ein, Rosen zu riechen. Der Duft war sehr intensiv und lähmte ihre Geruchszellen. Mit dem Handrücken wischte sie sich über die Nase, um sie wieder freizubekommen.

Dominik stellte sich auf die Zehenspitzen und beugte sich nach vorn. Er versuchte, im Halbdunkel, das im Raum hinter der Tür herrschte, etwas zu erkennen. Da er vom grellen Tageslicht noch ganz geblendet war, sah er zunächst nur Schwarz. Vorsichtig setzte er ein paar Schritte durch die Tür, blieb stehen, kniff die Augen zusammen und wartete, bis sie sich an die Finsternis gewöhnt hatten. Poppi folgte ihm leise.

Vor ihnen erstreckte sich ein Raum, der die Größe und Höhe einer Turnhalle hatte. Dominik und Poppi fassten gleichzeitig nach dem Arm des anderen. Der Anblick, der sich ihnen bot, war einfach zu schaurig: Von der Decke hing der glänzende Körper eines Kraken, von dem noch das Wasser abperlte. Seine Fangarme, die so dick wie Elefantenfüße waren, hatten sich um die Einrichtungsgegenstände des Raumes gelegt. Ein Arm war um eine Staffelei geschwungen, auf der eine halb bemalte Leinwand stand, ein anderer riss gerade die breite Schublade einer Kommode auf, der dritte war um eine menschliche Gestalt gewickelt, die bereits tot zu sein schien, den Mund wie zu einem Schrei jedoch weit aufgerissen hatte.

Je länger sie das Untier anstarrten, desto mehr beruhigten sie sich wieder. Es handelte sich um eine Nachbildung, die täuschend echt aussah. Der Mensch musste eine Wachsfigur sein.

„Jedenfalls sind wir hier sicher richtig", murmelte Poppi. Allerdings war von Massimiliano nichts zu sehen.

Warum aber hatte die Tür offen gestanden?

Wieder sog Poppi die Luft kräftig durch die Nase.

„Riechst du das?“, fragte sie Dominik.

„Das kommt von den Farben!“

„Nein, das Süße.“

Dominik schnüffelte wie ein Suchhund.

„Parfum!“

Dieser Gedanke war Poppi noch nicht gekommen.

„Den gleichen Duft verwendet die Puppenfrau, diese Signora Rosso.“

Poppi sah ihn überrascht an. „Das kann doch nur bedeuten, dass sie hier ist."

Links von ihnen entdeckte Dominik eine Tür aus Holz und Glas. Sie stand halb offen und führte in einen Flur, von dem mehrere Zimmer abgingen. Aus einem kam donnerndes Poltern. Etwas Schweres musste zu Boden gefallen sein.

„Ich schleiche hin und sehe nach", kündigte Dominik Poppi an und fühlte sich dabei sehr heldenhaft. Auf Zehenspitzen schlich er los, die Beine zog er dabei an wie ein Storch in einer Sumpfwiese. Beim Zimmer angekommen, aus dem der Lärm gedrungen war, beugte er sich leicht vor und spähte vorsichtig hinein. Schnell zog er den Kopf wieder zurück und drehte sich zu Poppi. In Dominiks Gesicht stand Erstaunen, Erschrecken und Fassungslosigkeit.

Die Gondelfahrt wurde für Lilo und Axel zu einem grauenhaften Erlebnis. Dabei begann sie fast schon romantisch. Der Gondoliere führte die beiden zu einem beschatteten Kanal in einem Seitengässchen. Axel hatte kurz den Eindruck, der Gondoliere gehe mit ihnen im Zickzack und sogar im Kreis. Wollte er sie verwirren? Sollten sie den Kanal später nicht mehr finden? Aber was hatte das für einen Sinn? Francesca hatte ihn doch geschickt! Schnell schob Axel die Verdächtigungen beiseite.

Uralte Steinstufen führten vom schiefen Gehweg zu einem Mauervorsprung, gegen den das grünlich schimmernde Wasser des Kanals schlug. Eine Gondel wartete dort schaukelnd. Als Sitzgelegenheiten standen zwei richtige Stühle in der Mitte des langen Bootes mit den aufgebogenen Enden.

Als Erster bestieg der Gondoliere das Gefährt, stellte sich in den hinteren Bereich und stieß die Stange, die er zum Rudern und Lenken verwendete, in den schlammigen Boden des Kanals. Mit einer energischen Kopfbewegung bedeutete er Axel und Lilo, schnell an Bord zu kommen. Die Knickerbocker suchten die beste Stelle dafür, da die Gondel nur am Heck angebunden war und der Bug wie ein riesiger Zeiger hin und her schwankte. Der Abstand zwischen Gondel und Mauer wurde abwechselnd breiter und schmäler, Axel und Lilo mussten den geeigneten Moment zum Einsteigen abwarten.

„Ich zuerst", sagte Axel und begab sich in Position.

„He, Moment, lass mich vor!" Lilo drängte ihn zur Seite und machte sich zum Sprung bereit.

Sehr aufmerksam beobachtete der Gondoliere ihren kleinen Streit. Gleichzeitig machten beide Knickerbocker einen großen Schritt auf den Rand der Gondel zu. Mit aller Kraft drückte der Gondoliere in diesem Augenblick auf die Stange und stieß die Gondel weiter von der Gehwegkante fort. Damit hatten

Lilo und Axel nicht gerechnet. Die Bordwand der Gondel war auf einmal außer Reichweite für ihre Füße. Sie konnten einander weder halten noch zurückziehen, da sie beide die gleiche Bewegung ausführten.

Und schon fielen sie ins grüne Kanalwasser. Es war eisig kalt und schlug über ihren Köpfen zusammen. Die Drecksbrühe drang ihnen in Nase und Mund, schmeckte salzig und bitter und brachte die Freunde zum Husten und Spucken. Lilos Schuhe blieben im schlammigen Grund stecken, Axel schaffte es, mit einer kräftigen Schwimmbewegung an die Oberfläche zu kommen. Lilo bekam seinen Fuß zu fassen und zerrte verzweifelt daran. Zuerst schüttelte Axel ihn heftig, um sie loszuwerden, dann aber verstand er, dass seine Freundin Hilfe brauchte. Er schnappte nach Luft und tauchte hinab. Um Lilo zu finden, musste er die Augen offen halten. Vor sich sah er nur ein milchiges, ekliges Grün. Dazwischen schoss plötzlich eine Hand in die Höhe. Axel packte Lilo am Handgelenk, zog kräftig und bekam so Lilos Schuh frei. Mit heftigem Gestrampel paddelte sie nach oben.

Axel zerrte Lilo zum Kanalrand, wo sie sich festklammerte und wie wild hustete. In ihrer Luftröhre war eine Menge Wasser.

Der Gondoliere war vom Boot gesprungen und kniete auf dem Weg. Er streckte den Knickerbockern die Arme entgegen und bot an, sie wieder an Land zu ziehen.

Es war alles so schnell gegangen und die beiden hatten sich nur auf den Bootsrand konzentriert. Deshalb war ihnen auch nicht aufgefallen, dass sie den Sturz ins Wasser dem Gondoliere zu verdanken hatten.

Er ließ einen Schwall an Entschuldigungen auf sie niederprasseln, half ihnen dann auf die Gondel und reichte ihnen aus dem Stauraum unter der Platte, auf der er stand, zwei Wolldecken. Dankbar wickelten sich die beiden Freunde ein.

Düster starrte Lilo vor sich hin. „Es ist nur deine Schuld", schimpfte sie. „Weil du immer alles im Alleingang machen willst."

„Spinnst du?", brauste Axel auf. „Du wolltest unbedingt als Erste an Bord. Du hast mich gestoßen, deshalb bin ich gestürzt."

Während der Gondoliere das lange Boot durch den Kanal und um die abgeschlagene Ecke eines Häuserblocks steuerte, stritten die beiden Knickerbocker immer weiter.

„Francesca hat hoffentlich Klamotten für uns", murmelte Lilo vor sich hin. Sie wich Axels Blicken aus, dem sie im Stillen dankbar für die Rettung aus dem Schlamm war. Gleichzeitig war sie wütend auf ihn, weil er in ihren Augen wieder einmal seinen Kopf hatte durchsetzen wollen.

Die Gondel glitt unter Brücken durch, an versteckten Gärten vorbei, deren Blätterpracht über hohe Mauern ragte, und an Häusern entlang, zwischen denen Seile gespannt waren, auf denen Wäsche zum Trocknen hing. Lilo sah alte Zugänge auf Wasserhöhe mit steinernen Treppen, die von grünen Algen überwuchert waren. Sie kamen an einem Gebäude vorbei, dessen glaslose Fenster sie anzuglotzen schienen. Es war wohl unbewohnt.

In der Mauer befand sich eine Bogenöffnung, die wie ein Maul aussah, das zu einem erstaunten „O“ geformt war. Aus dem oberen Teil der Rundung ragten spitze Metallstangen, die wahrscheinlich zu einem Fallgitter gehörten, mit dem die Wasserzufahrt verschlossen werden konnte.

Der Gondoliere steuerte das Boot in die Zufahrt. Unter dem Mauerbogen verstummten die Stimmen und Schritte, die durch die Gassen Venedigs schallten. Beim Eintauchen des Ruders hallte das Plätschern des Wassers von den feuchten Wänden wider. Es klang wie in einer Höhle. Auf einem breiten gemauerten Vorsprung tauchten aus dem Halbdunkel zwei Eisenpflöcke auf, auf die der Gondoliere das Boot zusteuerte. Er griff nach einem von ihnen und zog die Gondel mit den Händen an die Mauerkante, bis sie anschlug.

Was gab es hier? Wieso wartete Francesca in diesem verlassenen Haus auf sie?

MIESE TRICKS

Dominik glich einer Primaballerina, die auf den Zehenspitzen tanzte. Weiter hätte er sich gar nicht strecken können. Mit den Fingerspitzen stützte er sich an der Wand ab. Noch immer waren seine Augen weit vor Schreck, sein Mund stand offen, ohne dass er einen Ton von sich gab.

Durch den Türspalt drang wieder Gepolter und Klirren. Schwere Holzgegenstände mussten zu Boden gefallen sein, Glas oder Porzellan war zerbrochen.

Den Kopf tief zwischen die Schultern gezogen, als könnte er sich auf diese Weise vor dem schützen, was im Zimmer vor sich ging, schlich Dominik zu Poppi zurück.

Die Knickerbockerin machte ihm Zeichen, ihr endlich zu verraten, was er beobachtet hatte. Er aber schob seine Freundin vor sich her aus dem Haus, auf die Straße und bis zur nächsten Brücke, von der aus einige Leute einen breiten Kanal fotografierten. Sein Atem ging schwer, sein Herz pochte, als hätte jemand mitten in der Nacht neben seinem Bett eine Kanone abgefeuert.

„Was ist?", wollte Poppi endlich erfahren. „Was hast du gesehen?"

Noch hatte Dominik ziemlich Mühe, genug Luft zu bekommen.

„Diese Signora Rosso ..." Statt weiterzureden, winkelte er zwei Finger seiner rechten Hand an, streckte Zeige- und Mittelfinger nach vorne und den Daumen in die Höhe. Zuerst verstand Poppi nicht, was er ihr zeigen wollte. Ungeduldig fuchtelte Dominik mit seiner Hand vor ihrer Brust herum.

„Sie hat eine Pistole?"

Dominik nickte heftig. „Und der Maler ... er sitzt auf dem Boden ... die Hände erhoben. Er hat Angst vor der alten Frau."

So richtig begreifen konnte Poppi das alles nicht. „Zuerst bricht er in ihr Haus ein, dann kommt sie zu ihm und bedroht ihn mit einer Waffe?"

Zwischen jedem zweiten Wort musste Dominik Luft schöpfen. „Sie reißt ... Schubladen aus ... einer Kommode ... und wirft... absichtlich Vasen ... und Gläser ... auf den Boden."

„Sie sucht nach etwas!", schloss Poppi daraus.

Wieder nickte er.

„Vielleicht geht es um Masken. Wir wissen ja, dass Massimiliano seine gebraucht, um damit aus dem Meer aufzutauchen und Touristen zu erschrecken. Und die Maske von der Brücke ist sicher nicht zufällig in Frau Rossos Palast verschwunden."

Endlich konnte Dominik wieder ruhiger atmen. „Du könntest Recht haben", meinte er.

Hinter Poppi klapperte es. Sie fuhr herum und sah einen behäbigen Mann auf eine aufklappbare Trittleiter steigen, um eine Tafel aufzuhängen. Mit Kreide hatte er die Angebote des Tages aufgeschrieben, die er in seinem kleinen Café anbot. Die Leiter brachte Dominik auf eine Idee.

„So muss es gewesen sein: Dieser Massimiliano ist ein guter Taucher und führt Leute gerne an der Nase herum. Er kann eine solche Leiter im Kanal aufgestellt haben. Das Wasser ist trüb und sie war deshalb nicht zu erkennen. Aus diesem Grund hat es ausgesehen, als würde er eine Treppe hochkommen."

„Das kann ich mir gut vorstellen", pflichtete Poppi ihm bei.

„Was meinst du, sollen wir die Polizei alarmieren?", fragte Dominik.

Poppi zuckte die Schultern. Sie überlegte kurz und schlug dann vor zurückzugehen.

„Was sollen wir hier?", fragte Lilo den Gondoliere beunruhigt.

Axel hatte die Augen prüfend zusammengekniffen. Irgendetwas war mit dem Gesicht des Mannes geschehen. Im grauen Licht der tiefen Einfahrt war es nicht gut zu erkennen. Außerdem war die Wasseroberfläche des Kanals ständig in Bewegung und spiegelte Lichtpunkte auf die bogenförmige Mauer. Sie tanzten und zuckten und machten Lilo nervös.

Als hätte er Axels prüfenden Blick gespürt, wandte sich der Gondoliere ab und kehrte den Knickerbockern den Rücken zu.

„He, sagen Sie etwas!" Lilo wurde ungehalten. Sie wiederholte ihre Frage auch in Englisch und in ihrem schlechten Französisch. In Italienisch brachte sie nur „E? Dov'è Francesca?" heraus, was übersetzt bedeutete: „Und, wo ist Francesca?"

Keine Antwort. Der Gondoliere hatte das Boot mit einem Seil und einem schnellen Seemannsknoten am Pflock befestigt. Ohne sich zu Lilo und Axel umzudrehen, deutete er auf eine niedrige Tür. Das Holz war mit breiten Blechstreifen gegen die Feuchtigkeit geschützt. Jeder Streifen war mit Nägeln befestigt.

„Sie ist dort! Francesca ist im Haus!", vermutete Axel. Es verwunderte ihn nicht weiter. Sie hatten Francesca als wildes Mädchen kennen gelernt, die vor wenig zurückschreckte.

„Wahrscheinlich ist sie abgehauen", fuhr Axel fort. „Dieser Conte ist ein Tyrann und das hat sie nicht mehr ausgehalten."

Lilo bezweifelte das. In diesem Fall wäre Francesca am ehesten in der Jugendherberge aufgetaucht. Wieso aber hatte sie den Gondoliere geschickt? Und von wem wusste er, wo er die Knickerbocker-Bande finden konnte?

Axel trat an die Tür und entdeckte eine Klinke, die nur aus einer gebogenen Metallstange bestand. Er drückte sie hinunter und die Tür ließ sich leicht öffnen. Der Raum dahinter war quadratisch und fensterlos. Das wenige Licht, das in das Zimmer fiel, reichte nicht aus, um in die finsteren Winkel vorzudringen. Lilo warf einen Blick über Axels Schulter.

„Schief", hörte sie Axel murmeln.

„Was?"

Axel drehte sich zu ihr um. „Der Bart hängt schie..." Das Wort blieb ihm im Hals stecken. Hinter Lilo sah er den Gondoliere. Endlich hatte Axel begriffen, was an dem Kerl komisch war: Der Bart hing schief über seinem Mund. Er war nur aufgeklebt. Die dunklen Augen des Mannes bemerkten Axels wissenden und erschrockenen Blick. Der Gondoliere reagierte sofort und stieß die beiden voller Wucht in den Raum. Axel verlor dadurch das Gleichgewicht und versuchte, mit den Armen rudernd, Halt zu finden.

Um einen Sturz zu verhindern, machte er noch zwei Schritte zurück, Lilo strauchelte ebenfalls und stolperte nach hinten.

Blitzschnell verriegelte der Mann von außen die Tür. Es knackte zweimal hintereinander im Schloss. Lilo war auf den Beinen geblieben, drehte sich um und streckte tastend die Hände nach vorne. Im Augenblick herrschte rund um sie pechschwarze Finsternis, doch davon ließ sie sich nicht ängstigen.

Sie tappte los und spürte kaltes Mauerwerk. Mit den Fingern rutschte sie daran entlang, bis sie das Metall der Tür fühlte. Sie ließ die Hände hinabgleiten und fand so die Klinke. Hinunterdrücken war nicht mehr möglich. Lilos Versuche, die Klinke nach oben zu ziehen, scheiterten ebenfalls. Sie riss und rüttelte, alles ohne Erfolg.

„Eingesperrt! Er hat uns eingesperrt, nicht?", kam es von Axel.

Am heftigen Plätschern erkannte Lilo, dass der Gondoliere ablegte und wegfuhr. Er hatte sie in eine Falle gelockt und war ganz sicher nicht von Francesca geschickt worden.

„Wir haben die Handys", fiel Lilo erleichtert ein.

„Ja schon, aber die sind doch hin! Wir waren mit ihnen im Wasser!"

Trotzdem zog Lilo ihr Gerät aus der feuchten Hosentasche. Leider hatte Axel Recht. Das Handy ließ sich nicht mehr einschalten. Axels funktionierte ebenfalls nicht.

Wie sollten sie aus diesem muffigen Verlies ohne fremde Hilfe gelangen?

„Das war Absicht!," platzte Axel heraus.

„Was meinst du?"

„Er hat die Gondel abgestoßen, damit wir ins Wasser fallen und unsere Handys kaputtgehen. Sonst hätten wir Hilfe rufen können."

Das klang durchaus logisch. Ihre Entführung war bis ins Detail durchdacht gewesen. Offensichtlich war ein Profi am Werk.

„Wer hat uns hier einsperren lassen?", murmelte Lilo zähneknirschend vor sich hin. Der Gondoliere war ihr nicht bekannt vorgekommen. Jemand, der sie aus dem Weg haben wollte, musste diesen Mann geschickt haben.

Aber wer könnte das gewesen sein?

DER MASKENCODE

„Nichts!“ Unzählige Male hatten Poppi und Dominik versucht, die anderen beiden Knickerbocker über das Handy zu erreichen. Immer hörten sie nur die Ansagen der Mailboxen. Sie wollten aber keine Nachrichten hinterlassen, sondern Lilo oder Axel an den Apparat bekommen.

Sie waren zum Haus des Malers zurückgegangen, hatten das Tor aber verschlossen vorgefunden.

„Hast du auch richtig geklingelt?“, fragte Poppi Dominik.

Dominik rollte die Augen. „Natürlich habe ich das. Mache ich jemals etwas falsch?“

Auf diese Frage blieb Poppi ihm die Antwort schuldig. Die beiden Knickerbocker ließen sich vom Strom der Touristen durch eine breitere Straße treiben. Was sollten sie nur unternehmen?

Plötzlich schlug sich Dominik gegen die Stirn. „Auf das Einfachste kommt man oft zuletzt! Dass wir daran nicht gedacht haben!", sagte er. Poppi blickte ihn fragend an. „Was meinst du?"

„Wir gehen zu Francesca. Axel und Lilo sind doch bei ihr."

„Stimmt, das klingt logisch." Lilo lachte erleichtert auf. Allerdings mussten sie in diesem Labyrinth von Gässchen erst einmal zum Palazzo Mamole finden. Zuerst gingen sie nur schnell, bald aber liefen sie und hatten dabei das ungute Gefühl, nicht weiterzukommen. Schließlich besorgte Dominik einen Stadtplan, der aber genauso verwirrend war.

Es war halb drei Uhr, als die beiden Knickerbocker endlich vor dem Tor des Palazzos standen. Es kam ihnen so vor, als wären ihre Beine vom vielen Rennen ein Stück kürzer geworden. Außerdem hatten sie Hunger und Durst. Poppi quälte der Gedanke an Herrn Fuchs, der bestimmt schon ungehalten war.

„Dieser Conte darf uns unter keinen Umständen sehen", schärfte Poppi Dominik ein. Dominik, der schon die Hand zum Klingelknopf gehoben hatte, zog sie zurück. Er dachte kurz nach und winkte Poppi dann zur Brücke, von der aus er das Auftauchen von Massimiliano in der schrecklichen Maske mitverfolgt hatte. Um Francesca nicht einfach zu rufen und damit vielleicht den Conte aufmerksam zu machen, begannen die beiden Knickerbocker zu singen. Dominik, der schon in mehreren Musicals mitgespielt und dafür Gesangsunterricht genommen hatte, stimmte aus voller Brust einen Song an. Er machte es wie die Gondoliere, die von den Touristen ein dickes Trinkgeld haben wollten. Poppi untermalte seinen Tenor mit ihrer zarteren Stimme.

In dem Lied reimte Dominik die Liebe „amore“ auf „am Tore“ und „der Franz ist da“ auf „Francesca“. Es war ein völlig unsinniger Text, in dem aber mehrere Male der Name des Mädchens vorkam. Poppi atmete erleichtert auf, als im zweiten Stock ein quadratisches Fenster aufging und Francesca sich herausbeugte. Mit Gesten gab Dominik ihr zu verstehen, sie solle herunterkommen und sie reinlassen. Francesca begriff es sofort.

Im Palazzo herrschte drückende Stille. Francesca hielt die Klinke mit beiden Händen, um jedes Türgeräusch zu vermeiden. Stumm zeigte sie mit den Augen zur Treppe. Ohne eine einzige Silbe zu sprechen, huschten die drei nach oben und verschwanden in Francescas Zimmer.

Beim Eintreten erlebten Dominik und Poppi eine böse Überraschung. Weder Axel noch Lilo waren hier. Nachdem Francesca die Tür geschlossen und sich innen dagegengelehnt hatte, fragten die zwei sie sofort mit gesenkter Stimme, was mit ihren Freunden sei.

„Keine Ahnung“, meinte Francesca, erstaunt über die Frage.

Poppi berichtete flüsternd von dem Gondoliere und dem Brief.

Francesca schüttelte die ganze Zeit den Kopf. „Ich habe keinen Schimmer, wer das war. Wieso sollte ich einen Gondoliere schicken?“

Dominik setzte sich auf den Schreibtischstuhl, Poppi auf die Bettkante. Beiden war sehr heiß. Hektisch wischte sich Dominik die Schweißperlen von der Oberlippe. Francesca wollte die ganze Geschichte hören und die beiden Knickerbocker erzählten abwechselnd, was sie in den letzten Stunden alles erfahren und erlebt hatten.

„Massimiliano Cassono“, murmelte Francesca und grinste dann breit. „Er ist ein Erzfeind des Conte. Ich weiß, dass der Conte seine Bilder öffentlich als Geschmiere bezeichnet hat und sogar verbieten lassen wollte. Immer wenn ich als kleines Mädchen mit ihm an der Galerie vorbeigegangen bin, hat er mir gesagt, dass der Maler der Bilder ein Sohn der Hölle sei. Ich sollte mich vor ihm hüten.“

Poppi dachte an das, was sie am Vormittag gehört hatte. „Der Conte hat von einem teuflischen Plan gesprochen, als er mit dir über die Erpressung geredet hat. Und Cassono ist für ihn ein ‚Sohn der Hölle‘. Ob die beiden etwas miteinander zu tun haben?“

Dominik stand auf, weil ihn etwas drückte. Es war sein Handy, ein kantiges Modell. Als er es aus der Hosentasche geholt hatte, fiel ihm die Aufnahme ein, die er bei Signora Rosso gemacht hatte.

„Francesca, hör dir das an. Was wird da gesprochen?“ Er drückte einige Tasten und brauchte ein wenig, bis er den Anfang gefunden hatte und die Aufnahme abspielen konnte. Um jedes Wort zu verstehen, nahm Francesca das Gerät und hielt es nahe ans Ohr. Sie lauschte angestrengt und wurde dabei neugierig von Poppi und Dominik beobachtet. Immer wieder zog sie verwirrt die Stirn kraus. Die Falten über ihrer Nase wurden immer steiler.

„Was reden sie?“, drängte Poppi.

Aus der Halle des Palazzos kam das Klingeln einer einfachen Glocke, die geschüttelt wurde. Francesca horchte auf, machte dann aber eine wegwerfende Handbewegung. „Ist wahrscheinlich nur ein Lieferant. Ich habe ohnehin Hausarrest.“ Um das zu unterstreichen, hockte sie sich auf den Teppich und verschränkte die Beine.

„Und, was hast du gehört?“ Die Aufnahme war zu Ende und Dominik nahm sein Handy wieder an sich.

„Dieser Maler redet zuckersüß. So ein Honigmaul.“ Francesca schüttelte sich angewidert. „Er schleimt herum, diese Schleimschnecke. Sagt ständig, dass die Vorfahren wohl gute Freunde gewesen seien, und fragt nach einem Paket, das Signora Rosso bekommen haben soll."

Poppi und Dominik hörten mit großer Spannung zu und hofften etwas zu erfahren, was mehr Klarheit in die Vorfälle bringen würde. „Cassono faselt von anderen Masken. Er hätte welche und Signora Rosso müsse auch ein paar bekommen haben. Er wüsste, was sie bedeuteten, und sie hätte doch die gleichen Informationen. Er sei nur in Sorge gewesen, weil die Signora schon so alt sei und sich vielleicht viel zu sehr aufregen könnte."

„Zu alt?" Dominik lachte auf. Schaudernd erinnerte er sich an den Anblick der Frau, die Cassono mit der Pistole bedroht und dabei mit der anderen Hand in den Schubladen gewühlt hatte. Signora Rosso sah vielleicht zerbrechlich aus, war aber viel zäher und gerissener, als ihr Äußeres vermuten ließ.

Poppi knetete die Nasenspitze, wie Lilo das sonst tat. „Die beiden scheinen Pakete mit Masken erhalten zu haben. Und die Masken sind nicht bloß irgendwelche Masken, sondern stehen für etwas."

„Eine Art Geheimcode in Maskenform?", warf Dominik ein.

„Seit sie wissen, wer die restlichen Masken besitzt, versuchen die beiden, an sie heranzukommen. Aber sowohl Signora Rosso als auch Massimiliano haben ihre gut versteckt."

Francesca sah zwischen Dominik und Poppi hin und her. „He, ihr Streberstiefel, ich verstehe kein Wort."

„Lilo findet bestimmt noch mehr heraus", meinte Dominik. Beim Namen des Superhirns sprangen beide Knickerbocker auf. Axel und Lilo brauchten ihre Hilfe, da waren sie sich jetzt ganz sicher.

„Die Rosso war es! Sie hat den Gondoliere geschickt. Eigentlich wollte sie uns alle vier bekommen!", platzte Poppi heraus. Sie lief ans linke Fenster und sah hinüber zu dem langen Haus, das die alte Frau bewohnte.

Mit großen Schritten eilte jemand über die Brücke. Den Kopf gesenkt zählte er prüfend Geldscheine. Poppi packte den Fenstergriff und riss einen Flügel auf. Sie beugte sich hinaus und rief: „He, hallo!"

Der Mann drehte sich um. Einen Moment lang sah sie sein Gesicht. Unter der Nase hing ein buschiger, schiefer Schnauzbart. Das Erschrecken des Mannes war nicht zu übersehen. Er tat aber, als hätte er Poppi gar nicht bemerkt, und ging weiter. Nach ein paar Schritten begann er zu rennen.

Es war der Gondoliere!

IHM NACH!

Francesca war egal, welche Folgen es für sie haben könnte. Sie huschte so unauffällig und leise wie möglich mit Poppi und Dominik die Treppe hinunter zum Ausgang. Als sie gerade in die warme Nachmittagsluft hinausschlüpfen wollte, rief hinter ihr jemand „Francesca!". Sie drehte sich um und sah Luigi, der aus dem Arbeitszimmer des Conte getreten war. Für eine Sekunde zögerte Francesca, dann aber folgte sie den Freunden.

Axel hätte den Gondoliere bestimmt sehr schnell eingeholt. Er war ein ausgezeichneter Sprinter. Dominik hingegen machte meistens schon nach hundert Metern schlapp, Poppi bekam Seitenstechen und Francesca hatte den Mann gar nicht richtig gesehen und wusste daher auch nicht, nach wem sie Ausschau halten sollte.

Die beiden Knickerbocker liefen in die Richtung, die der Gondoliere eingeschlagen hatte. Dabei kamen sie am Haus von Signora Rosso vorbei und tauchten dahinter in eine Gasse ein, in der die Häuser besonders eng standen. An manchen Stellen mussten die Leute nur den Arm aus dem Fenster strecken, um dem Nachbarn auf der anderen Seite die Hand zu schütteln.

Die Gasse verlief nicht gerade, sondern in leichten Schlangenlinien. Die Dachkanten schienen sich zueinander zu neigen, als hätten sie sich ein Geheimnis zu erzählen, und ließen kaum Licht hindurch.

Irgendwo auf halbem Weg durch die Gasse blieb Francesca stehen und legte den Finger auf die Lippen. Sie horchte.

Die Läden waren fast alle geschlossen, dahinter hörte man meist ein Radio oder einen Fernsehapparat. Vereinzelt waren auch Stimmen zu vernehmen. Francesca gab den Knickerbockern ein Zeichen, ihr zu folgen, und schlich durch ein morsch aussehendes Tor in ein Haus. Sie ging auf die erste Wohnungstür zu, klingelte und setzte ein herausforderndes Gesicht auf.

Ein uralter Mann in Unterhemd und Hose mit Trägern öffnete. Er wirkte verschlafen, seine Augen waren gerötet und wahrscheinlich hatte er gerade ein Nickerchen gemacht. Francesca redete mit großen Gesten auf ihn ein und deutete über seine Schulter in die Wohnung. Der Mann machte ein verwirrtes Gesicht und ließ sie alle ein.

Die Wohnung bestand nur aus einem Zimmer, das vom Boden bis zur Decke mit Bildern alter Schiffe, Rettungsringen, Kapitänsuniformen und Seekarten vollgestopft war. Zum Schlafen und Sitzen hatte der Mann ein zerschlissenes Sofa, als Badezimmer und Küche diente eine einfache Nische.

Francesca ging zum Fenster und öffnete den dunklen Holzladen ein Stück. Sie beugte sich vor und versuchte, in die Wohnung gegenüber zu spähen.

Deutlich konnten Poppi und Dominik von dort Stimmen hören. Ein Mann und eine Frau redeten schnell und heftig, sie klangen aufgeregt, gaben sich aber Mühe, nicht zu laut zu werden.

„Es geht um die Gondel und eure Freunde", übersetzte Francesca flüsternd. „Der Mann regt sich auf, weil er nur einen kleinen Teil seines Honorars bekommen hat. Er hätte euch alle vier einsperren sollen und …" Francesca brach ab und lauschte, ohne zu atmen. Auf ihrem Gesicht breitete sich ein wissendes Grinsen aus.

Der Alte war zu ihnen getreten und redete mit hoher Stimme auf Francesca ein. Sie nickte, ohne ihm richtig zuzuhören, und gab den anderen beiden ein Zeichen, schnell zu verschwinden. Wieder auf der Straße erklärte sie: „In der Wohnung gegenüber leben ein Bruder und seine Schwester. Der Mann sagt, die beiden würden gerne krumme Sachen machen."

„Francesca, wieso hast du so gestrahlt?", erkundigte sich Poppi.

„Ich weiß, wo Lilo und Axel sind", verkündete das Mädchen stolz.

Eine Stunde später waren die beiden frei. Der Schlüssel hatte noch in der Tür des Kellerraumes gesteckt. Zum Glück! Oder war das Absicht?

Dominik hatte wieder die Geldtasche zücken müssen, damit ein Gondoliere sie zu dem verlassenen Abbruchhaus fuhr. Neben dem Bogen, durch den Boote fahren konnten, hörten sie schon das Rufen der Freunde. Die Erleichterung von Axel und Lilo über die Befreiung war riesig.

„Wir müssen Herrn Fuchs anrufen!", entschied Lilo. Wenn sie sich nicht auf der Stelle meldeten, drohte ihnen großer Ärger, vielleicht sogar der Rauswurf aus der Schule. Mit ernster Stimme teilte sie dem Schuldirektor mit, sie hätten Francesca nach Hause begleitet und den Conte besänftigen können. Trotzdem erschiene es ihr sehr wichtig, am besten über Nacht zu bleiben. Sicher sei sicher und, log Lilo weiter, am nächsten Tag würden Francescas Eltern zu Mittag erwartet. Sie würden sich dann um die Tochter kümmern.

Herr Fuchs hatte großes Vertrauen in die Knickerbocker-Bande und gab seine Erlaubnis. Lilo schämte sich fürs Flunkern.

Axel zupfte an den klammen, noch nasssen Klamotten und nieste. „Ich hole mir den Tod, wenn ich nicht etwas Trockenes bekomme."

„Rosella", sagte Francesca. Ohne zu erklären, wen sie damit meinte, ging sie los. Sie führte die vier zu dem Kleiderladen, in dem sie sich selbst am Vortag trockene Sachen besorgt hatte. Die Inhaberin schien Francesca sehr ins Herz geschlossen zu haben, denn sie legte ihre Häkelarbeit sofort weg und hörte sich ihre Bitte an. Francesca zeigte auf Lilo und Axel, und Rosella nickte ernst. Für Lilo hatte sie schnell ein Kleid gefunden. Diese trug zwar lieber Jeans, aber es war auf jeden Fall besser als die feuchte Hose und das klebrige T-Shirt.

Dann öffnete Rosella den Deckel einer alten Seemannskiste. Auch sie war voller Kleidungsstücke. Rosella zog eines nach dem anderen heraus und warf sie über einen Stuhl. Schließlich bekam Axel eine Hose aus dünnem schwarzem Stoff und ein weißes Hemd, das vorne geschlossen war und keinen Kragen hatte. Dazu eine Jacke mit goldenen Knöpfen. Er selbst kam sich darin vor wie eine Vogelscheuche, die anderen aber fanden sein neues Outfit schick.

Lilo und Axel bedankten sich und versprachen, die

Kleidung zurückzubringen. Rosella lächelte und hörte Francesca zu, die übersetzte. Sie schenkte den vieren ein freundliches Nicken, dann redete sie heftig auf Francesca ein. Als Rosella fertig war, drehte sich Francesca zu den Knickerbockern: „Es geht um Massimiliano Cassono. Im Radio haben sie gemeldet, dass er in seinem Atelier überfallen und niedergeschlagen wurde. Sie haben ihn ins Krankenhaus eingeliefert."

Lilo hatte gleich die Idee, ihn zu besuchen, aber Dominik machte einen Gegenvorschlag: „Die Damen in der Galerie, die seine Bilder verkaufen, wissen sicher mehr. Lasst mich mit ihnen reden." Nach kurzem Überlegen war Lilo einverstanden. Dominiks manchmal so komplizierte und verdrehte Art zu reden, über die seine Freunde gerne witzelten, machte auf Erwachsene, besonders auf feine Damen, großen Eindruck. Es war durchaus möglich, dass er von ihnen eine Menge erfuhr.

Während also Dominik in der Galerie den beiden Damen schmeichelte und große Bestürzung über den Überfall auf den Maler zeigte, warteten die anderen ein bisschen abseits auf dem Markusplatz. Verstohlen spähten sie immer wieder zu der großen Glasscheibe, hinter der zu sehen war, wie Dominik die ganze Zeit über heftig gestikulierte, die Hände vor das Gesicht schlug, den Kopf niedergeschlagen schüttelte und verständnisvoll nickte.

Die beiden Figuren auf dem Turm von San Marco schlugen sechs Uhr, als er endlich zu seinen Freunden zurückkehrte.

„San Michele", sagte er knapp.

Axel schnitt eine fragende Grimasse. „Dafür hast du dich jetzt fast eine Stunde bequasseln lassen? Mehr hast du nicht in Erfahrung gebracht?"

„San Michele", wiederholte Dominik gelassen. Axel machte der Tonfall wütend, weil er sich wie ein kleines Kind behandelt fühlte. „Jetzt rede endlich Klartext!", brauste er auf.

Sehr langsam, jedes Wort einzeln betonend, sagte Dominik zum dritten Mal: „San Michele!"

Francesca verstand ihn als Einzige. „Zur Friedhofsinsel?"

Dominik nickte.

NÄCHTLICHES TREFFEN

In Venedig gab es weder Autos noch Busse oder Straßenbahnen. Öffentliche Verkehrsmittel waren Boote. Es handelte sich um lange flache Metallschiffe mit glatten Dächern, vielen Standplätzen am Bug und im Heck und einem geschlossenen Raum in der Mitte. Genannt wurden sie Vaporetti.

Bei der Haltestelle der Linie, die an der Friedhofsinsel San Michele anlegte, warteten die Knickerbocker auf das nächste Vaporetto. Jetzt war Zeit für einen ausführlichen Bericht von Dominik.

„Die Damen heißen Maria und Carla. Die eine scheint ein bisschen verliebt in den Maler zu sein, die andere verehrt ihn und spricht nur vom ‚großen Meister'."

„Komm zur Sache", knurrte Axel ungeduldig.

„Jaja." Dominik war stolz auf seine Erkundungen

und wollte den Erfolg ein bisschen auskosten. „Es geht Massimiliano nicht allzu schlecht. Er behauptet aber, nicht zu wissen, wer ihn überfallen hat."

„Er will es nicht sagen", warf Lilo ein.

Dominik teilte ihre Meinung. „Sie haben beide in meiner Anwesenheit mit ihm telefoniert. Er schien ein bisschen wirr herumzustottern. Wahrscheinlich ist er mit dem Kopf hart aufgeschlagen. Vielleicht wollte er Signora Rosso verfolgen und ist dabei gestolpert."

„Und was ist mit San Michele, dieser Friedhofsinsel? Was hat sie mit den Masken zu tun?", wollte Axel wissen.

„Ihm ist herausgerutscht, dass er unbedingt nach San Michele müsse. Noch heute Nacht. Er müsse sie endlich treffen. ‚Die Masken' habe er gemurmelt."

„Sie? Signora Rosso, oder?" Poppi sah Lilo fragend an. Das Superhirn wiegte den Kopf. Es handelte sich ziemlich sicher um die alte Rosso.

„Was tut sie mit den Masken auf der Friedhofsinsel?", überlegte Axel laut.

„Die Masken sind doch ein Code!", erinnerte Poppi die anderen.

Lilo spielte mit ihrer Nasenspitze. „Aus Sicherheitsgründen wird manchmal eine Botschaft in zwei Teilen übermittelt. Erst wenn die Hälften wieder zusammengesetzt werden, ist die Nachricht verständlich. Mir scheint, wir haben es hier mit genau so etwas zu tun. Einen Teil der Botschaft kennt Signora Rosso, den anderen der Maler. Sie geben einander die Informationen weiter, indem sie die Masken tragen. Dann wissen beide gleichzeitig, worum es geht", spann Lilo den Gedanken immer weiter.

„Es könnte ein Hinweis auf eine Art Schatz sein", fiel Axel plötzlich ein. Das ganze Theater ist nur dafür da, damit nicht einer allein an den ganzen Schatz herankommt."

Lilo schnippte mit den Fingern. „Du hast den Nagel auf den Kopf getroffen, Axel."

„He, ihr Schätzchen, was soll das für ein Schatz sein?", schaltete sich Francesca ein.

„Das erfahren wir später auf San Michele!", meinte Dominik.

Auf das Vaporetto warteten sie aber vergeblich. Als Francesca den Fahrplan studierte, musste sie feststellen, dass das letzte Boot bereits vor einer halben Stunde abgelegt hatte. Die einzige Möglichkeit, nach San Michele zu kommen, war mit einem Wassertaxi, das aber sehr teuer war.

„Das machen wir anders!", sagte Lilo. Vor ihnen tuckerte ein Fischer in seinem kleinen Schiff dahin. Leere Kisten zeigten an, dass er seinen Fang verkauft hatte und auf dem Heimweg war. Mit beiden Armen winkte Lilo ihm zu. Der Mann mit dem dunklen, von der Sonne und vom Salzwasser gegerbten Gesicht wurde auf sie aufmerksam und steuerte sein Boot zur Anlegestelle. Lilo flüsterte Francesca zu, was sie sagen sollte. Sie seien fünf bedauernswerte Kinder, deren Lieblingstante verstorben sei, und deshalb müssten sie nach San Michele. Morgen würden sie bereits abreisen, dann wäre es zu spät. Aber das Vaporetto sei schon fort.

Der Fischer war ein großherziger Mann und lud sie ein mitzufahren. Zwanzig Minuten später stiegen sie wieder aus und gingen die breiten Steinstufen hinauf zum Eingang des Friedhofs. Er war von einer Backsteinmauer eingefasst, über die Bäume, Grabsteine und Eisenkreuze ragten.

Der Eingang zum Friedhof war noch offen, was Lilo überraschte. Aber für langes Zögern oder Nachdenken war jetzt nicht die Zeit. Sie schob sich zwischen den beiden Torhälften aus schwarzem Schmiedeeisen durch, die anderen blieben ihr dicht auf den Fersen.

Vor ihnen erstreckte sich eine weite Fläche, auf der in langen Reihen ein Grab neben dem anderen lag. Die Einfassungen aus Marmor und Granit bildeten ein Kästchenmuster, die niedrigen Grabsteine erinnerten an kleine, geduckte Wächter.

An die Friedhofsmauer waren Grüfte angebaut. Manche waren mit einem schweren Marmordeckel verschlossen, in den dicke Eisenringe eingelassen waren. Schlanke Grabsteine in der Form von Obelisken ragten in den Himmel, dazwischen trauerten steinerne Engel oder deuteten hoffnungsvoll zum Himmel empor. Wie uralte Strandhäuschen wirkten die kleinen Grabkapellen, in denen sich wohl Gräber und Grüfte reicher Familien befanden.

Die Sonne war schon vor einiger Zeit hinter einer langen bleigrauen Wolkenbank verschwunden. Der Wind frischte auf und ein kühler Abend kündigte sich an. Früher als in den vergangenen Tagen brach die Dämmerung herein.

Die Knickerbocker-Bande und Francesca waren auf einem Kiesweg weiter in den Friedhof vorgedrungen. Die Backsteinmauer hielt nicht nur allzu neugierige Blicke von außen ab, sondern sorgte auch für andächtige Stille. Selbst das Rascheln der Blätter im Wind erschien leiser als anderswo.

Außer ihnen war niemand auf dem Friedhof – jedenfalls war das der Eindruck, den Lilo gewann. Bei einer Trauerweide, die ihre langen Äste bis zum Boden herabhängen ließ, blieben sie stehen. Lilo teilte die Äste wie einen Vorhang und gab den anderen ein Zeichen, sich darunterzustellen. Die Trauerweide bildete ein kleines Zelt, in dem es nach altem Blumenwasser und modrigen Blättern roch. Zwischen den graugrünen flachen Blättern hatten die Knickerbocker einen guten Blick zum Friedhofstor.

Zum Glück hatten Lilo, Axel, Poppi und Francesca, während sie auf Dominik gewartet hatten, je ein Stück Pizza verspeist, das Francesca besorgt hatte. Für Dominik hatten sie eines aufgehoben und er hatte es mit gerümpfter Nase gegessen, als wäre es ein feuchtes Stück Pappe. Die Stärkung erwies sich als wichtig. Die Bande musste lange warten.

Die Nacht brachte nicht nur Dunkelheit, sondern auch Kälte. Poppi fröstelte, Lilo klapperte mit den Zähnen.

Plötzlich war das Brummen eines Motors zu hören. Offensichtlich steuerte ein Boot auf die Insel zu. Es dauerte nur wenige Minuten, bis eine zierliche Gestalt durch das Tor kam. Sie war hager, in einen bodenlangen Mantel gehüllt und trug einen großen, vollen Sack.

Gespannt spähten die vier Freunde und Francesca aus ihrem Versteck.

Die Kapuze des Mantels wurde zurückgeschlagen. Der kleine, zierliche Kopf gehörte Signora Rosso. Sie war allein und sah sich nervös um. Dabei blickte sie aber nur die Grabsteinreihen entlang und drehte sich kein einziges Mal zurück zum Tor. Fürchtete sie Gefahr aus den Gräbern?

Zur Beleuchtung hatte sie Laternen mitgebracht, die sie anzündete. Dann schaltete sie noch einen Handscheinwerfer mit Batterie ein.

Da und dort flackerte auf einem Grab eine Kerze. Die meisten brannten in roten Plastikbehältern, die sie wie ein rundes rotes Wesen auf dem Marmor der Steine zappeln ließen.

Signora Rosso zog eine Maske nach der anderen aus dem Sack. Die ersten beiden waren die, die Axel, Lilo und Dominik schon kannten. Es folgten noch zwei weitere: Eine Maske bestand aus einer lachenden und einer weinenden Gesichtshälfte mit einer schnabelartigen Nase in der Mitte, die andere war eine Fratze, die allerhöchstes Erstaunen ausdrückte und zahlreiche Augen besaß. Aus der Entfernung konnte Dominik sie nicht genau zählen, aber er schätzte, dass es sich um sieben handelte. Schließlich kramte Signora Rosso aus dem Sack noch zwei Teile, die zusammengesetzt eine normale weiße Maske mit ausdruckslosem Gesicht ergaben. Sie legte die Masken alle auf einem Gruftdeckel ab und studierte sie eingehend.

Wieder kam ein Motorboot brummend herangefahren. Die Signora wurde unruhig und begann, die Masken wieder in den Sack zu stopfen.

Sie bewegte sich fahrig, verfehlte die Öffnung, ließ eine fallen und hob sie unter heftigem Ächzen und Jammern wieder auf.

Das Boot hielt. Die darauf folgende Stille verriet, dass jemand an Land ging. Sekunden später kam eine Gestalt durch das Tor, schaltete eine starke Taschenlampe ein und entdeckte die Signora auf Anhieb. Mit großem Erstaunen rief der Mann jemandem hinter sich etwas zu.

„Luigi, das ist Luigi", raunte Francesca.

Der Strahl der Taschenlampe traf das zerfurchte Gesicht des Conte, der hinter Luigi den Friedhof betrat. Die Anwesenheit von Signora Rosso schien ihn zu überraschen und er redete mit gesenkter Stimme auf sie ein.

Die Signora raffte den Maskensack an sich, behielt die Männer dabei aber immer im Auge.

„Der Conte sagt, dass er ahnt, was sie hier sucht. In

einem Grab muss etwas versteckt sein. Die Masken liefern Hinweise, um welches es sich handelt“, übersetzte Francesca für ihre Freunde.

Zwischen dem Conte und der Signora entbrannte ein heftiger Wortwechsel. Als der alte Mann auf sie zugehen wollte, hielt sie plötzlich die Waffe in der Hand, mit der sie schon Massimiliano bedroht hatte. Erschrocken wich der Conte zurück, hob sogar die Arme als Zeichen dafür, dass er nichts unternehmen werde. Er wich stolpernd zu Luigi zurück. Der Conte redete, aber die Rosso hörte ihm nicht zu. Irgendwann verlor sie die Geduld und fuhr ihn heftig an.

Alle sahen fragend zu Francesca. „Es geht um Geld. Der Conte beschwört die Rosso, ihm alles zu übergeben. Sie aber sagt, er müsse wie seine Vorfahren dafür bezahlen. Nur noch mehr. Sie hasse die Mamoles und besonders ihn, den sie als aufgeblasenen Angeber bezeichnete.“

Dominik hörte ein Piepsen zu seinen Füßen und sprang nach hinten. Eine Maus war über die Spitze seiner Schuhe gelaufen. Beim Ausweichen trat er auf etwas Hartes, das dort lag. Er bückte sich und hob ein Eisenschild auf. Es bestand aus einer ovalen Plakette an einem dicken, langen Dorn, den man in die Erde stecken konnte. Auf der kleinen Tafel waren unverkennbar mehrere Zahlen, lateinische und römische, eingraviert: „23 X VII 6“.

Weil sie nichts mehr ausrichten konnten, verließen der Conte und Luigi den Friedhof.

Poppi glaubte, das Quietschen einer Türangel auf der anderen Seite der Anlage gehört zu haben. Oder war es der Wind gewesen?

Noch immer stand Signora Rosso da, die Pistole auf den Friedhofsausgang gerichtet. Von dort aber kam niemand mehr.

Fledermäuse schossen durch die Nacht und jagten ihr Futter – Insekten.

Minuten verstrichen.

Lilo beschäftigte die Frage, wer sie in die Falle gelockt hatte. Weder dem Conte noch Luigi traute sie es zu. Kam noch jemand anderes infrage? Dieser Maler? Er hatte jedoch nicht gewusst, wo sie sich aufhielten.

Axel zappelte auf einmal aufgeregt. „Dort drüben kommt jemand!", flüsterte er. Seine Stimme versagte dabei fast.

Aber er hatte Recht. Im Schutz der hohen Bäume am Rand des Friedhofs schritt jemand heran. Ein langer Umhang wehte. Die Gestalt bewegte sich sicher und ohne ein Geräusch zu erzeugen.

Signora Rosso kehrte ihr den Rücken zu. Sie war mit den Masken beschäftigt und bemerkte zu spät, was hinter ihr ablief. Ihre Pistole hatte sie bereits abgelegt.

An der Art, wie sich die Gestalt bewegte, war zu erkennen, dass die Person nicht mehr jung war. Die Erscheinung im Mantel bückte sich, doch es schien ihr Schmerzen zu bereiten. Die Rosso drehte sich um und erschrak. Die Waffe war jetzt auf sie gerichtet.

DER GERISSENE DIEB

Die Gestalt, die gekommen war, trug eine Maske. Es war eine dieser elfenbeinfarbenen Karnevalsmasken, deren Augen und Mund mit reichlich Goldflitter verziert waren.

Signora Rosso taumelte wie vorhin der Conte. Sie kippte zur Seite und konnte sich gerade noch auf dem niedrigen Gruftdeckel abstützen. Hinter ihr, am Tor des Friedhofs, waren der Conte und Luigi wieder erschienen. Sie hatten wohl davor gewartet und mitbekommen, was vor sich ging.

Zwischen den Leuten entbrannte eine Auseinandersetzung. Francesca hatte Mühe, sie zu verstehen.

„Es geht um das Geheimnis der Mamoles und einen Beweis. Die Masken führen zu diesem Beweis. Auch noch nach so langer Zeit, etwas mehr als zweihundert Jahren.“

„Wer ist die vierte Person?“, fragte Poppi leise.

Als wollte er ihr antworten, rief der Conte in diesem Moment einen Namen: „Donatella!“

Unter der Trauerweide hielten alle den Atem an.

Die Gestalt im Mantel zögerte kurz. Sehr langsam nahm sie dann die Maske ab. Darunter kam das lange, eisgraue Haar zum Vorschein, das sie aufgesteckt hatte. Es öffnete sich und fiel auf die Schultern.

Francesca war entsetzt. „Großmutter“, sagte sie leise, mehr zu sich selbst. Flüsternd übersetzte sie, was weiter gesprochen wurde: „Großmutter und Massimiliano – sie mögen einander. Schon lange. Sie lieben sich. Aber der Conte hat ihnen jeglichen Kontakt verboten, weil die Cassonos und die Mamoles verfeindet sind. Jetzt wird sich einiges ändern. Die Masken führen zum Beweis für den schlimmsten Schandfleck in der Familiengeschichte der Mamoles. Großmutter wird diese Beweise an sich nehmen. Der Conte soll Venedig und Italien für immer verlassen. Tut er es nicht, wird sie alle Welt wissen lassen, was einer seiner Vorgänger getan hat. Was besagter Mamole verbrochen hat, der einst Doge von Venedig war.“

Für Lilo machte jetzt alles Sinn. Donatella! Sie hatte der Bande die Falle gestellt. Sie wussten zu viel und hätten ihren Plan zum Scheitern bringen können. Das musste sie verhindern, da sie nun so nahe an ihrem Ziel war, nach so vielen Jahren. Am nächsten

Morgen hätte sie sie bestimmt wieder herausgeholt. Deshalb hatte der Gondoliere auch den Schlüssel stecken lassen.

Francescas Großmutter scheuchte Signora Rosso, den Conte und Luigi vom Friedhof. Es dauerte eine Weile, dann aber brummte der Motor des Bootes. Das Geräusch wurde leiser und war ein Zeichen dafür, dass sich die drei entfernten. Donatella kehrte allein zurück und widmete sich den Masken.

Immer wieder schüttelte Francesca den Kopf. „Also, ich ... ich verstehe das alles nicht." Lilo bemerkte zu spät, was sie vorhatte. Francesca trat unter der Trauerweide hervor und rief den Namen ihrer Großmutter. Die alte Dame zuckte zusammen und fuhr herum. Fassungslos starrte sie die Enkelin an.

Die Knickerbocker-Bande hörte ein heftiges Aufschluchzen. Die sonst so forsche Francesca hatte zu weinen begonnen. Lilo wollte sie nicht im Stich lassen, gab den anderen daher ein Zeichen und zeigte sich dann auch.

Donatella Mamole stand wie zu einer Salzsäule erstarrt da und sah ihnen entgegen. Angeführt von Francesca gingen sie schweigend zu ihr.

„Was soll das, Großmutter, ich verstehe das alles nicht!"

Die schlanke Dame blickte von einem zum anderen und überlegte. Es dauerte lange, sehr lange, bis sie sich in Bewegung setzte, zu Francesca trat und sie in den Arm nahm. Francesca ließ es mit sich geschehen und schmiegte sich an sie. Tröstend und beschützend wiegte Donatella sie leicht und strich ihr sanft über das Haar.

Lilo, Axel, Dominik und Poppi standen fassungslos und gerührt daneben.

Francescas Großmutter wartete noch immer mit der Erklärung. Erst nach einem tiefen Seufzer, begann sie zu reden. Damit die Knickerbocker-Bande es verstand, sprach sie deutsch.

„Die Rossos und Cassonos waren nie gute Freunde. Das änderte sich erst vor mehr als zweihundert Jahren. Es war auf einem der vielen Maskenbälle, die damals in der Stadt abgehalten wurden."

In Gedanken versunken nahm Donatella die Maske mit den goldenen Zähnen in die Hand und drehte sie zwischen den Fingern. „Damals geschahen rätselhafte Diebstähle auf den Bällen. Frauen wurde der wertvolle Schmuck gestohlen, doch niemand konnte sich erklären, wie es geschehen war. Es waren immer große Veranstaltungen, an denen auch der Doge teilnahm, und die daher streng bewacht wurden."

Sehr gespannt hörten die Knickerbocker zu.

Francescas Großmutter bemerkte, dass Lilo und Poppi fröstelten. Sie nahm ihren Umhang von den Schultern und hüllte die beiden darin ein.

„Und wer hat geklaut?“, fragte Axel ungeduldig. Auch ihm war kalt, aber er fand es zu mädchenhaft, ebenfalls unter dem Mantel Schutz zu suchen.

„Man nannte sie ‚Die Maske mit tausend Gesichtern‘. Nicht wenige Festbesucher glaubten, sie gesehen zu haben, aber deren Beschreibungen widersprachen sich. Manche behaupteten, sie sei schwarz, andere redeten von einer tiefroten Maske. Unterschiedliche Aussagen gab es auch darüber, ob sie ein trauriges, grimmiges oder lachendes Gesicht zeigte. Die Beute der Maske mit tausend Gesichtern ging in die Millionen. Trotz aller Sicherheitsvorkehrungen war es nicht möglich, den Dieb zu fassen.“

Dominik zog Luft durch die Zähne. Ihm war ein Verdacht gekommen. Lilo hatte eine ähnliche Idee.

„Das erinnert mich an den Fall mit dem streng bewachten Rubin“, begann Dominik und erhielt sofort Zustimmung von Lilo. „Der größte Rubin der Welt wurde in einem Museum ausgestellt, das extra dafür die beste Alarmanlage einbauen ließ und die erfahrensten Wächter einsetzte. Trotzdem verschwand der Edelstein.“

Lilo lieferte die Lösung. „Gestohlen hatte ihn der Kommandant der Wache. Er hatte natürlich alle Informationen, wie die Alarmanlage ausgeschaltet werden konnte. Außerdem war es für ihn ganz einfach, allein und ungesehen zum Rubin zu gelangen.“

„War etwa der Doge der Dieb?“, fragte Dominik vorsichtig, als könnte er Donatella mit diesem Verdacht aufregen.

Die einfühlsame Formulierung war goldrichtig, denn Francescas Großmutter schien die Frage sichtlich aus dem Konzept zu bringen. Sie brauchte einige Augenblicke, um sich zu fangen, und nickte dann.

Den allerschlimmsten Teil aber konnte sich Lilo denken und sie sprach ihn auch aus: „Es war der Doge aus dem Haus der Mamoles.“

Francesca riss die Augen auf. „Krass! Ein gerissener Dieb? Einer meiner Vorfahren hat gemopst?“

Mit ihrer Ausdrucksweise brachte sie alle zum Lachen, sogar ihre Großmutter wirkte gleich viel entspannter. Doch Donatella war schnell wieder ernst: „Francesca, wäre damals herausgekommen, was deine Freunde gerade so scharfsinnig kombiniert haben, wären du und ich vielleicht gar nicht geboren. Auf keinen Fall hier in Venedig. Es wäre der Untergang der Mamoles gewesen.“

Noch immer waren viele Fragen offen. Donatella wollte sie alle beantworten.

„Ein Rosso und ein Cassono wurden zufällig Augenzeugen eines Diebstahls beim prächtigsten Maskenfest der Stadt. Sie verfolgten den Dieb und entlarvten ihn als den Dogen. Sie haben ihn zwar nicht verraten, dafür aber erpresst. Die Mamoles wurden von den Rossos und den Cassonos ausgenommen. Der Doge musste diesen Familien alle Vorteile zukommen lassen, die nur möglich waren. Sie zwangen ihn, den erbeuteten Schmuck und fast sein gesamtes Vermögen herauszugeben."

Poppi klapperte mit den Zähnen. „Aber wieso hat der Doge gestohlen? Er war doch bestimmt nicht arm."

Donatella hob die Schultern. „In der Familienchronik ist von einer Krankheit zu lesen. Ein altes Sprichwort sagt: ‚Wenn dem Esel zu wohl ist, geht er aufs Glatteis tanzen.' Das bedeutet: Die Mamoles hatten damals alles, nämlich Reichtum und Ansehen. Sie durften sogar den Dogen der Stadt stellen. Dein Vorfahre brauchte Nervenkitzel, daher erfand er die Maske mit den vielen Verstellmöglichkeiten. Es war eine raffinierte Maske, die allein durch eine schnelle Handbewegung verwandelt werden konnte. Ein Mechanismus machte es möglich, sie blitzschnell zu verändern."

Francesca erinnerte sich an das Gespräch mit dem Conte in ihrem Zimmer. „Die Feinde wurden aber vergiftet. Von den Mamoles."

„Ja, als die Mamoles herausfanden, wer sie erpresste, haben sie sich gerächt. Außerdem haben sie den beiden Familien ewige Feindschaft geschworen. Sie haben aber nicht mit der Klugheit von Cassono und Rosso gerechnet. Die beiden Männer wussten, welches Schicksal ihnen bestimmt war, wenn sie entdeckt würden. Sie rechneten mit dem Schlimmsten und beschlossen deshalb, dass ihre Rache die Nachkommen der Mamoles heimsuchen sollte."

Dominik hatte nach der Maske mit den drei Nasen gegriffen. „Aber wie konnten sie den Dogen und die Mamoles erpressen? Welche Beweise hatten sie für seine Taten?"

„Das weiß ich nicht. Aber Massimiliano will sie unbedingt finden. Weil es das einzige Mittel ist, die Macht des Conte zu brechen. Ich kenne Massimiliano, seit ich ein kleines Mädchen war. Der Conte hat mir immer verboten, ihn zu sehen. Später habe ich auch einen anderen Mann geheiratet, deinen Großvater, Francesca. Aber Massimiliano ist immer in meinem Herzen geblieben. Nach dem Tod meines Mannes und dem Tod von Massimilianos Frau haben wir uns wieder zu treffen begonnen. Der Conte hat gedroht, mir alles zu nehmen, wenn ich die Beziehung nicht beende. Aber dann erhielt Massimiliano den Brief aus der Vergangenheit."

Suchend blickte Lilo über die Grabsteine. Inzwischen war es stockdunkel geworden. Wie Irrlichter flackerten die Kerzen da und dort auf den Gräbern.

„Das Druckmittel ist hier versteckt, nicht wahr?"

„Ja!" Donatella nickte. „Mehr als zweihundert

Jahre lang wurden ein Brief und zwei Pakete in einem Notariatsbüro der Stadt aufbewahrt und von Generation zu Generation weitergegeben."

„Der Brief ging an den Conte und kündigte eine weitere Erpressung an, stimmts's?", rief Axel.

„Richtig. Damit die Nachfahren der Rossos und Cassonos auch sicher gemeinsame Sache machten, hatten ihre Ahnen folgenden Plan ausgeheckt: Jeder steckte in ein Paket zwei und eine halbe Maske. Der Auftrag lautete, sich mit dieser Maske der anderen Familie zu präsentieren. Wie eine Verschwörung, bei der kein Wort gesprochen wurde, sollten diese Kontakte ablaufen."

„Der Code, das ist doch ein Code! Mithilfe der Masken wird eine Botschaft übermittelt!", warf Dominik ein.

„Das hast du gut kombiniert", Donatella blickte den jungen Detektiv bewundernd an. „Massimilliano hat mir alles erzählt, was er darüber wusste. Laut dem Brief seiner Vorfahren steht jede Maske für eine Zahl. Allerdings seien diese Zahlen nicht auf ihnen notiert, aber jede einzelne würde auf eine Ziffer verweisen."

Dominiks Angewohnheit, alles zu zählen, brachte ihn sofort auf eine Idee: „Es geht um die Teile der Maske, die hervorstechen. DREI Nasen, NEUN goldene Zähne", nannte er als Beispiele. „SIEBEN Augen, ZWEI Gesichtshälften", fuhr er fort.

Axel hatte die beiden Hälften aufgehoben, deren Kante perfekt zusammenpasste. Die Maske, die sie bildeten, war im Vergleich zu den anderen langweilig und beliebig und hatte einen kalten, toten Ausdruck. Auffallend war nur die Form der Augenlöcher. Eines war dreieckig, das andere gezahnt.

„Drei, neun, sieben, zwei", sagte Dominik immer wieder vor sich hin. Er sah über die Gräber hinweg zu den Gruften und Kapellen der reichen Familien.

Lilo fiel das Ehepaar ein, das auf dem Markusplatz ein Autogramm von der Bande erbeten hatte. Die beiden waren auf dem Friedhof gewesen und hatten mit ihrem Reiseführer die Gräber berühmter Persönlichkeiten gefunden. Darin waren die Nummer des Grabes und die Reihen vermerkt.

Da fiel Dominik das Metallschild ein, auf das er unter der Trauerweide getreten war.

„Es ist die Nummer einer Grabstätte", rief er laut, weil er sich über die Entdeckung freute. Die anderen drehten sich erschrocken zu ihm.

„Was?", fragte Axel.

„Zuerst sollte die Maske mit den goldenen Zähnen vorgeführt werden, dann die mit den drei Nasen. Und wie weiter?" Dominik kümmerte sich nicht um die Frage seines Freundes, sondern bestürmte Donatella.

„Die beiden Gesichtshälften und schließlich die Maske mit den sieben Augen." Donatella deutete auf die zweigeteilte Maske in Axels Händen. „Auf der Innenseite steht vermerkt: Trage mich dort!“

„Neun, drei, zwei, sieben!“, verkündete Dominik. „Wir müssen jetzt nur noch das Grab mit dieser Ordnungszahl finden.“

In des Dichters Händen

Lilo erschien die Suche nach der Grabstätte wie ein Nachttauchgang im Meer. Der Friedhof schwieg, als wollte er sein Geheimnis für sich behalten. Auch der Mond schien in dieser Nacht nicht. Dafür aber begann es, aus den großen bleigrauen Wolken am Himmel zu regnen. Es war ein feiner, kühler Sprühregen, der im Lichtstrahl der Taschenlampen wie nasser Nebel aussah.

Dominiks Idee klang logisch und Lilo war überzeugt, dass er Recht hatte. Trotzdem erwies es sich als schwierig, die Ordnungszahl ausfindig zu machen. Im Laufe der Jahrhunderte waren die Gräber immer wieder neu nummeriert worden. Es herrschten ein Durcheinander und Chaos aus alten und neuen Zahlen. Dieselbe Reihe konnte drei verschiedene Nummern tragen.

Axel war es, der das Grab fand. Es war eine Gruft aus weinrotem Marmor, der schwere Deckel und der Grabstein waren mit dicken Bändern aus Metall verziert. Die Form war schlicht und eckig, der Grabstein eine schlanke Pyramide.

In den Stein war ein Name gemeißelt und irgendwann waren die Buchstaben wohl auch vergoldet gewesen. Davon waren aber nur noch Reste zu erkennen. Den Namen zu entziffern, schaffte Axel nicht, weil die Buchstaben so altmodisch verschlungen und verschnörkelt waren.

Das Grab musste schon vor sehr, sehr langer Zeit angelegt worden sein. Rechts davon erhob sich der wilde, zerklüftete Stamm eines Olivenbaumes, von allen anderen Seiten rankten Efeu und andere Kletterpflanzen über den Marmor, der zu großen Teilen davon bedeckt war.

Axel gab mit der Taschenlampe ein Blinkzeichen: dreimal kurz, einmal lang, einmal kurz. Das bedeutete: Kommt her, ich habe etwas entdeckt.

Die Knickerbocker, Francesca und Donatella waren vom Regen durchnässt. Die Neugier auf das, was hier über Jahrhunderte versteckt gelegen hatte, ließ sie ihre Angst und die Kälte vergessen.

Donatella las den Namen und verstand, wieso die Spur zu dieser Gruft führte: „Hier liegt ein venezianischer Dichter, der damals sehr berühmt war. Ihn zu wählen, war klug. Sein Grab würde man für zukünftige Generationen erhalten und pflegen. Denn keiner würde auf die Idee kommen, es nach einer gewissen Zeit für einen anderen Verstorbenen zu räumen."

Lilo hielt sich die zweigeteilte Maske vor das Gesicht. Sie war nicht aus Holz, sondern aus Leder und roch streng. Darunter zu atmen, war nicht möglich. Also nahm Lilo die Maske wieder herunter.

„Und? Was jetzt?" Axel wackelte ungeduldig mit den Händen.

„Die letzte Maske muss der Schlüssel zum Versteck sein", überlegte Lilo laut.

Poppi deutete auf die Augenöffnungen. „Ob die etwas zu bedeuten haben?"

Davon war Lilo überzeugt. Sie hob die Maske erneut an das Gesicht und drückte sie sich auf die Nase. Gut konnte sie nicht durch die kleinen Ausschnitte sehen. Langsam drehte sie den Kopf und blickte vom Gruftdeckel hinauf zum überwachsenen Grabstein.

Um die Ranken wegzuziehen, war Axel über die Einfassung geklettert. Er zog an den holzigen Schlingen und riss sie vom Stein. Ungefähr in der Mitte der Pyramide stieß er auf eine Inschrift.

„Die Zeichen … genau wie die Augenschlitze", rief er. Die anderen kamen näher. Axel zeigte ihnen das Dreieck und die runde Form mit den Zacken, die an eine aufgehende Sonne erinnerte. Die Symbole markierten nur eine Zeile der Inschrift, die Donatella leise vorlas: „In des Dichters Händen …"

„In welchem Jahr ist der Dichter gestorben?", wollte Lilo wissen.

Dominik fand das Datum unterhalb des Namens.

„Und wann genau war die Sache mit der Maske des Diebes?"

Donatella verstand, worauf Lilo hinauswollte: „Im selben Jahr. Die Maskenbälle fanden zur Karnevalszeit statt, der Dichter starb im November."

„Was auch immer es ist, sie haben es ihm mit ins Grab gegeben!", schloss Dominik.

Poppi behagte diese Vorstellung nicht.

„Das Denkmal! Das Denkmal, an dem wir mit Herrn Fuchs vorbeigekommen sind", fiel Lilo ein.

Axel wusste sofort, welches sie meinte. „Dem die Tauben auf den Kopf … ihr wisst schon …"

Jetzt erinnerten sich alle. „Es ist ein Dichter und in seinen Händen hält er eine Kiste. Aus Stein oder aus Metall."

„Affengesicht!", rief Francesca. „Der muss es sein. Du hast mir das Denkmal selbst gezeigt, Donatella! Ich habe ihn immer Affengesicht genannt und du hast mich jedes Mal dafür geschimpft."

„In des Dichters Händen", wiederholte Donatella. „Das Denkmal des Dichters hält eine Schatulle. Seit Jahrhunderten ist darüber gerätselt worden, was es damit auf sich hat. Es konnte nie ein Zusammenhang hergestellt werden. Aber die Statue ist von einem Vorfahren Massimilianos geschaffen worden."

„Und in dieser Schatulle muss der Beweis versteckt liegen!", rief Axel aufgeregt. Gleich darauf spürte er die Kälte und vor allem große Enttäuschung. Es würde dauern, bis sie erfuhren, was in der Schatulle lag.

Auf einmal froren alle. Donatella führte sie zu dem versteckten Nebeneingang, durch den sie gekommen war und vor dem ein Boot auf sie wartete. In den Palazzo der Mamoles wollten sie nicht zurückkehren, aber Donatella besaß zum Glück die Schlüssel zu Massimilianos Haus.

Donatella sprach persönlich bei Direktor Fuchs vor und lobte die Knickerbocker-Bande. Auf diese Weise wollte sie den vieren allzu bohrende Fragen ersparen und unterstreichen, dass es mit allem seine Richtigkeit hatte, was die Freunde erzählten. Der Schuldirektor war stolz auf seine Schüler, die bei ihrer Rückkehr jedoch sichtlich müde und gedrückt zu sein schienen.

Die restlichen Tage der Klassenfahrt verliefen weniger aufregend. Das änderte sich erst, als Francesca in der Jugendherberge auftauchte, weil sie ihren Freunden große Neuigkeiten bringen konnte.

„Mama und Papa kommen übermorgen in die Stadt!", berichtete sie strahlend. „Und Donatella und ich sind aus dem Palazzo ausgezogen. Der Conte hat sich kein einziges Mal blicken lassen. Luigi hat uns in seinem Namen bestellt, dass er mit keinem Schritt einverstanden ist, den Donatella unternimmt, aber auch nichts dagegen machen wird. Ihr Massimiliano kommt nächste Woche aus dem Krankenhaus und die beiden verknallten Oldies werden vielleicht sogar heiraten."

„Hat sich Signora Rosso gemeldet?", wollte Lilo wissen.

Francesca lachte. „Sie zeigte sich ganz zerknirscht, weil sie so habgierig war. Aber ihr Zorn auf den Conte ist ziemlich groß. Er hat immer wieder versucht, sie aus ihrem Haus zu ekeln, weil er keine Rossos in der Umgebung haben wollte. Bestimmt hat auch sie jetzt Ruhe vor ihm."

Das Wichtigste aber war der Beweis. Die Bande wollte mehr darüber erfahren. Es bereitete Francesca Spaß, die vier auf die Folter zu spannen.

„Ja, Donatella hat ihn. Ein Mitarbeiter von Massimiliano hat behauptet, das Denkmal bräuchte eine Renovierung, und hat die Metallschatulle geöffnet."

„Und?", riefen die Knickerbocker im Chor.

„Mein Vorfahre war ziemlich beknackt, das könnt ihr mir glauben." Francesca schnaubte verächtlich. „Aber er war auch gerissen, denn die Maske, also die Diebesmaske, ist tatsächlich eine außergewöhnliche Konstruktion. Sie besteht aus vielen Teilen, die du in fast jede Richtung klappen kannst. Immer sieht die Maske völlig anders aus. Stellt euch vor, der verrückte Doge hat doch tatsächlich sein Siegel innen angebracht. Damit war natürlich klar, dass die Monstermaske nur ihm gehören konnte. Sie war das größte Druckmittel!"

Die Knickerbocker-Bande sagte eine Weile nichts. Sie hatten schon so viele Fälle und Rätsel gelöst. Noch nie aber waren sie auf eine Erpressung gestoßen, die vor mehr als zweihundert Jahren geplant und erst jetzt ausgeführt worden war. Sie hatten das Gefühl, tief in vergangene Zeiten eingetaucht zu sein.

„Wenn die Vorfahren der Cassonos und Rossos wüssten, dass ihr Racheplan letzten Endes gescheitert ist …", meinte Lilo.

Francesca fügte grinsend hinzu: „Immerhin haben sie meiner Großmutter spätes Liebesglück beschert." Doch gleich darauf meinte sie: „Apropos Großmutter, ich muss los. Donatella lässt euch grüßen. Macht es gut, ihr Gripskanonen!" Stürmisch, wie es ihre Art war, rauschte sie ab.

„Der Fall ist gelöst!", stellte Lilo zufrieden fest.

„Zeit für den nächsten!", verkündete Axel.

Keiner widersprach ihm.

DER KNICKERBOCKER-BANDENTREFF

Werde Mitglied im Knickerbocker-Detektivclub! Unter www.knickerbocker-bande.com **kannst du dich als Knickerbocker-Mitglied eintragen lassen. Dort erwarten dich jede Menge coole Tipps, knifflige Rätsel und Tricks für Detektive. Und natürlich erfährst du immer das Neueste über die Knickerbocker-Bande.**

Hier kannst du gleich mal deinen detektivischen Spürsinn unter Beweis stellen – mit der Detektiv-Masterfrage, diesmal von Lilo:

HALLO SPÜRNASE,

das war ja ein ganz schön verzwickter Fall! Die Klassenfahrt nach Venedig wurde für uns Knickerbocker zum reinsten Abenteuertrip. Hätten wir dort die flippige Francesca nicht getroffen, dann wäre uns einiges erspart geblieben. Glaub mir, es ist Horror pur, im schmutzigen Kanalwasser zu landen und fast unterzugehen. Passiert ist mir das nur wegen Axel, der mal wieder den sturen Bock spielen und mit mir streiten musste.

Deshalb hab ich gar nicht gemerkt, dass der gerissene Gondoliere sein Boot vom Ufer stieß, damit wir beim Einsteigen – platsch – in die Drecksbrühe fallen mussten.

Du hättest besser aufgepasst und wärst nicht baden gegangen, stimmt's? Wenn wir gerade von aufpassen sprechen: Warum war es ein wichtiger Teil des Plans, dass Axel und ich pitschnass werden sollten?

Die Lösung gibt's im Internet unter
www.knickerbocker-bande.com
Achtung: Für den Zutritt brauchst du einen Code.
Er ergibt sich aus der Antwort auf folgende Frage:

Wie heißt die Friedhofsinsel in Venedig?

Code	
84613	San Marco
47125	San Michele
23117	San Remo

Und so funktioniert's:
Gib jetzt den richtigen Antwortcode auf der Webseite unter **MASTERFRAGE** und dem zugehörigen Buchtitel ein!

Mach's gut! Bis zum nächsten Mal
deine
Lilo

DIE
KNICKERBOCKER
BANDE

Ravensburger Bücher

Diese Abenteuer von der Knickerbocker-Bande sind bereits erschienen:

Habe ich	Fehlen mir		ISBN 978-3-473-
O	O	**Rätsel um das Schneemonster**	47081-5
O	O	**Das Phantom in der Schule**	47082-2
O	O	**SOS vom Geisterschiff**	47100-3
O	O	**Die Rache der roten Mumie**	47085-3
O	O	**Im Wald der Werwölfe**	47087-7
O	O	**Das Haus der Höllensalamander**	47083-9
O	O	**13 blaue Katzen**	47084-6
O	O	**Die rote Mumie kehrt zurück**	47091-4
O	O	**Das Phantom der Schule spukt weiter**	47092-1
O	O	**Der unsichtbare Spieler**	47093-8
O	O	**Der Schrei der goldenen Schlange**	47097-6
O	O	**Der Schatz der letzten Drachen**	47094-5
O	O	**Das Internat der Geister**	47095-2
O	O	**Der Computerdämon**	47098-3
O	O	**Der Turm des Hexers**	47088-4
O	O	**Das Amulett des Superstars**	47124-9
O	O	**Wenn der Geisterhund heult**	47089-1
O	O	**Das Mädchen aus der Pyramide**	47090-7
O	O	**Spuk im Stadion**	47096-9
O	O	**Im Bann des Geisterpiraten**	47099-0
O	O	**Die Monstermaske der Lagune**	47125-6

www.knickerbocker-bande.de

Ravensburger

HC_06_072

Ravensburger Bücher

Thomas Brezina

Der Computerdämon

Band 58

Als Axels neuer Computer ein Eigenleben entwickelt und Daten versendet, ohne dass ein Befehl eingegeben worden wäre, stehen die Knickerbocker vor einem Rätsel. Sie nehmen die Ermittlungen auf und geraten in finstere Machenschaften.

ISBN 978-3-473-**47098**-3

Thomas Brezina

Im Bann des Geisterpiraten

Band 64

Auf einer Kreuzfahrt erfahren die Knickerbocker von dem Piraten Luke Luzifer: Sein Dreimaster trieb nach einem blutigen Raubzug tagelang auf offener See. Kapitän und Besatzung waren spurlos verschwunden. Ein Buch aus der damaligen Zeit taucht auf, und die vier Freunde geraten in den Bann der Geisterpiraten. Droht ihnen ein ähnliches Schicksal?

ISBN 978-3-473-**47099**-0

www.knickerbocker-bande.de

Ravensburger